當代商神

2

分道揚鑣

何常在——著

目錄
Contents

第一章

互聯網改變世界

「我看好電腦的未來，更看好互聯網的未來。商深，我送你一句話，
你一定要記住——互聯網在未來，一定會改變世界！」
正午的陽光正好照在馬朵的身上，
就如一團火焰在他的身上燃燒，有鳳凰涅槃一般的壯觀。

他想到韓信。韓信是個帥才，文武雙全，戰無不勝。而蕭何是個相才，安邦治國，雄才大略。張良是個謀士，用兵如神，決勝千里。但為什麼所有人都臣服在劉邦的腳下？

因為不管是韓信、蕭何還是張良，都太專注於一件具體的事情，而劉邦什麼都不專業，卻比三個人都站得高看得遠，所以最終讓三人都為他所用，從而助他贏得了天下。

劉邦自己也說：「夫運籌帷幄之中，決勝千里之外，吾不如子房；鎮國家，撫百姓，給餉饋，不絕糧道，吾不如蕭何；連百萬之眾，戰必勝，攻必取，吾不如韓信。三者皆人傑，吾能用之，此吾所以取天下者也！」

不過……商深的思緒回到現實之中，又啞然失笑，怎麼把馬朵和劉邦類比了？劉邦是千古帝王，締造了一個偉大的王朝——漢朝，漢族就是從漢朝之後才有的說法，本意是漢朝之人，後來才演化成了種族的意思。

馬朵雖然開創了中國電子商務的先河，但他不過是一個商人，怎麼可能和千古帝王相比？除非馬朵也開創了一個前所未有的帝國，哪怕是商業帝國也行。

「馬哥的團隊一共多少人？」一個人想要成功，必須有與他共同作戰的團隊，商深對馬朵的興趣更濃了。

其實此時的商深還沒有意識到，馬朵對他今後的影響有多大，正是馬朵凡事從大局出發的眼光以及協調團隊的領導能力，讓他在以後面臨重大抉擇時，做出了影響一生命運的正確決定。

正如他自己所說的一樣，善待你遇到的每一個人，因為你不知道你遇到的哪一個人會改變你一生的命運。

「最開始我想創辦互聯網公司時，杭州還沒有開通撥號上網，我邀請了廿四個朋友來家裡，滔滔不絕地演講了兩個小時，說實話，我自己都覺得講得稀里糊塗，他們也聽得一頭霧水。最後你猜怎麼著？兩個小時的演講只打動了一個人，廿三個人都說算了吧，別胡鬧了，只有一個人說你可以先試試看，不行再撤。我想了一個晚上，第二天起來就有了決定——幹，不管別人怎麼想，哪怕別人全部反對又怎樣，我只想幹好我自己的事情，我自己的事情也只能由我自己幹好。」

馬朵一邊說，一邊拿出了塑膠袋裡面的食物，有包子、麵條和米飯，還有炒菜，他拿出一張報紙鋪在地上，席地而坐：「來，邊吃邊聊，想不想聽聽我的故事，絕對比你聽說過任何故事都精彩。」

想。」

商深高興極了，他聽到的關於馬朵的傳奇故事都是別人的轉述，轉述哪有本人親口敘述來得真實，來得精彩?!

他二話不說也坐在地上，和馬朵面對面而坐，拿起一個包子咬了一口，笑道：「也許就在我咬下包子的一刻，就確定了未來的歷史走向，哈哈。」

「我不懂電腦，所以我就不預測未來的電腦王者是聯想還是清華同方了，但我看好電腦的未來，更看好互聯網的未來。商深，我送你一句話，你一定記住——互聯網在未來，一定會改變世界！」

拿起一碗麵條，馬朵大口大口地吃了起來，正午的陽光正好照在他的身上，就如一團火焰在他的身上燃燒，有鳳凰涅槃一般的壯觀。

商深不知道，若干年後，他和馬朵坐在地上促膝談心的往事，後來會成為許多人津津樂道的軼事。

「我從來不是一個精英，現在不是，從前更不是。從小到大，我不但沒有上過一流的大學，而且連小學、中學都是三四流甚至是不入流的。初中考高中考了兩次，高中考大學考了三次。第一次高考，數學只考了一分，太慘了。在我第三次參加高考前，我的老師對我失望到家，他說，你要是能考上的話，我的名字倒過來寫。」

馬朵笑了，笑容中有自嘲也有自豪，「還好我第三次總算考上了大學，雖然只是大專，但也算是考上了。當然，我沒讓老師倒著寫他的名字，呵呵。」

「雖然念書不行，但我對自己最滿意的一點就是講義氣。為了朋友，我小時候打架無數，受過很多處分，最厲害的一次打架，身上縫了十三針。學校和老師都不喜歡我，勒令我轉學，我都不記得一共轉過多少次學。所有人都對我這個頑皮孩子的前途不抱希望。只有朋友認可我，說我有大俠之風。說到大俠，我最喜歡看金庸的小說，最喜歡風清揚這個人物，我給自己起了一個花名就叫——風清揚，哈哈。」

風清揚是金庸的武俠小說《笑傲江湖》中的人物，也是金庸小說中劍術達到最高境界的高手之一，熟習「獨孤九劍」。風清揚武功蓋世、劍術超神，僅在第十回傳劍中登場，一直隱居華山思過崖，是個神龍見首不見尾的隱世高手。

商深沒有說話，安靜地做一個合格的聽眾，雖然和馬朵才認識，但他看出來馬朵為人好客，好交朋友，並且很有演講天賦，聽馬朵講話，不但可以從中學到許多道理，更是一種享受。

天氣炎熱，商深開了空調，老式的窗式空調發出嗡嗡的響聲，好在房間外面的走廊還算安靜，沒什麼人走動，就在一種寂靜和吵鬧對立之中，馬朵的聲音伴隨著空調的嗡嗡聲繼續響起。

「歷經辛苦經過三次高考的我，終於在別人驚訝的目光中考入杭州師範大學外語系，可惜的是，我的成績是只夠專科分數，離本科線還差五分。但幸運的是，當年恰好本科沒招滿人，我就被破格錄取上了本科。

「當時的感覺就好像名落孫山只差一名沒有考上進士，但前面有一名進士作弊被取消了資格，我遞補考中了進士，我一直覺得，這件事是我一生幸運的開始。每個人的一生都有一兩件幸運的事，就看你是不是能抓住機會。我以前學習不好，好不容易考上大學了，再不好好學習，就太對不起來之不易的機會了。

「上大學後，憑著熱情和一身俠肝義膽，我當選了學生會主席。在大學期間，我認真學習英語，為以後打下了堅實的基礎。大學畢業後，我被分配到杭州電子工業學院教英語。一九九一年，我一邊教書一邊和朋友成立了一家翻譯社。結果怎麼著？第一個月收入才七百元，房租卻是兩千元，許多人譏諷我，說我沒有經商的才能就不要瞎折騰了，越折騰越賠錢。

「許多人動搖了，勸我不要再幹，這樣下去，賠了錢不說，還賠了時間成本。我不想放棄，做事情不能半途而廢，既然開始了，就要堅持到底。只要做下去，就一定有前景，我相信我的眼光比別人長遠，也相信我的堅持會有回報。」

「翻譯社只依靠翻譯的收入肯定無法維持，怎麼辦？除了承接翻譯的活之外，還可以兼賣禮品和鮮花。別人不願意去進貨，沒關係，我自己去。我就背著一個大麻袋去義烏、廣州進貨，麻袋很大，裝滿東西後立起來比我還高。有一次我進貨回來，天晚了，我一個人背著麻袋在路上走，總覺得後面有人跟著，回頭一看，嚇我一跳，原來身後跟了好幾個環衛工人。他們見到我後也嚇得不輕，一個人說，他們幾個還以為麻袋自己在走，既好奇又害怕，所以就跑在後面看個究竟，讓我哭笑不得……」

商深暗暗感嘆，在最艱難的時期，馬朵一個人扛起了全部的壓力，所以說成功沒有偶然，每個成功者的身後都有別人所不具備的亮點，多從成功者身上發現成功所需要的要素，你才能更容易摸到成功的門路並且更快速的接近成功。

陽光逐漸偏移，一半在地上，一半在馬朵身上，讓他一半是陽光一半是陰影，明暗不定。

「禮品和鮮花的利潤可以維持翻譯社的日常開支，就這樣，我堅持了兩年。兩年的下海經商經歷讓我明白了一個道理，就是真正想賺錢的人必須把錢看輕，如果你腦子裡老是錢的話，一定不可能賺錢的。在教學期間，我不但開設了杭州第一個英語角，同時還成了全院課程最多的老師，你想像不到我在講臺上講課的英姿吧？哈哈，許多學生都喜歡上我的課，因為我的課生動有趣。也正是兩年多邊教書邊下海的經歷，讓我既打實了英語基礎，又學會了經商。熱情不會浪費，每一段人生都有特定的價值，哪怕當時你不知道，等以後再回想的時候，你一定會發現所有的付出都是值得的。現在，翻譯社已經成為杭州乃至浙江省最大的翻譯社了。」

吃完了麵條，馬朵打開了一瓶啤酒遞給商深：「來，喝點兒。」

商深平常輕易不喝酒，但如果遇到高興的事情或是值得舉杯的人，他也會喝一些，當即打開一瓶啤酒，和馬朵碰了碰，直接就用酒瓶喝了一大口。

「我酒量不大，也就是二兩白酒的量。」馬朵見商深喝得爽快，呵呵笑了，「不過我愛喝酒，更愛參加酒局，因為酒品如人品，一個人是不是可以重用，從他喝酒的態度上就可以看出來。」

「哦？」商深大感興趣，「怎麼看？」

「先說說你對喝酒的態度。」馬朵有心試試商深的為人，「你酒量怎樣？愛喝嗎？在酒桌上勸別人酒嗎？」

「我酒量還算可以，但很少喝，在酒桌上也不勸別人酒，我對酒文化的理解是，悉聽尊便，你愛喝就多喝，不愛喝就少喝。」商深實話實說。

「我總結了三類人在酒桌上的表現。」馬朵對商深的回答不置可否，說道：「酒桌文化是中國特有的文化。喝酒可大俗可大雅，可論社會大事，可談風月小事，可攀交情可見性情，可怡情可亂性，可養生可傷身，可豪飲可小酌。酒桌，還是識別人才的一個重要場所。」

「第一類人，明明自己不會不能喝酒，但又爭強好勝喜歡硬撐，結果三杯下肚就開始失態，開始手舞足蹈，再又爛醉如泥，醜態百出。第二類人，雖然自己很能喝，卻非要裝著不會喝，而且想法設法唆使別人喝，不看到別人醉得一場糊塗誓不甘休。第三類人，自己會喝酒，只根據自己的酒量和場合喝，對別人不勸酒，不唆使……以上三類人，商深，你說哪類人可以重用？」馬朵問。

商深認真地想了想：「第二類人，人品大有問題，喜歡看別人出醜，屬於唯恐天下不亂的類型，絕對不能重用。第一類人，雖然人品沒問題，但做事不夠謹慎不夠理智，遇到極端事情時容易失控，所以即使能重用，也可以委以大用。第三類人，人品很好，做事嚴謹，嚴以律己又寬以待人，完全可以放心重用。」

「哈哈，說了半天，是說你自己人品很好做事嚴謹了？」

馬朵哈哈大笑，雖然表面上在笑，內心卻是既震驚商深的回答完全和他的答案一模一樣，又欣喜他的眼光不錯，商深確實是一個可交並且值得深交的朋友。

「我從來不自誇，好不好，讓別人說了算。」商深笑道：「不知道我的回答馬哥滿意不？」

「完全正確，加十分。」馬朵揚了揚手中的酒瓶，興致高昂地道：

「來，當浮一大白。」

當浮一大白原指罰飲一大杯酒，後來被引申為滿飲一大杯酒，商深也喝了一大口啤酒，一時高興，問道：「後來呢，馬哥？」

「後來……」馬朵瞇了眼睛，「一九九四年底，我才第一次聽到互聯網，杭州並不是一個開放的城市，地處中部，既沒有北京深厚的文化底蘊，又不像深圳沒有歷史包袱的輕鬆，所以杭州什麼都落人一步。一九九五年，我有一個出差美國的機會，去了美國，我才真正接觸到互聯網，上的第一個網站是雅虎。

「當時在雅虎上可以搜索到許多美國的企業，讓我既羨慕又有了不安分的想法。我說過，我是電腦盲，對電腦一竅不通，但我意識到原本費了九牛二虎之力也可能沒辦法讓別人知道你的企業的努力，現在只要有了互聯網，在網上查找就一目了然了，多方便多快捷的管道，互聯網就是一個巨大的寶藏，只要你在合適的時間和合適的地方喊出那聲芝麻開門，成功的大門就會打開，你就會進入通往寶藏的山洞。

「我請人做了一個翻譯社的網頁放在網上，結果才三個小時就收到了四封郵件，我又驚又喜，如果中國早就普及了互聯網，翻譯社早就不愁沒有業務了，也就是在收到四封郵件之後，我就強烈地意識到——互聯網必將改變世界！然後我又進一步想，既然我可以把翻譯社放在網上，為什麼不能把中國所有的企業都放到網上，做一個網站，向全世界推廣中國的企業呢？名字我都想好了，就叫中國黃頁！」

黃頁，起源於北美洲，一八八〇年，世界上第一本黃頁電話號簿在美國問世，至今已有一百多年的歷史。黃頁是國際通用按企業性質和產品類別編排的工商企業電話號碼簿，以刊登企業名稱、地址、電話號碼為主要內容，相當於一個城市或地區的工商企業的戶口名簿，國際慣例用黃色紙張印製，故稱黃頁。幾乎世界每一個城市都有這種紙張為載體所印製的電話號碼本。

商深暗道一聲慚愧，在互聯網浪潮中，他已經落後馬朵不是一步而是好幾步了，他雖然是資訊系統工程專業畢業，卻對互聯網一定改變世界還不如馬朵這個外行信心十足，更不像馬朵一樣，人生的每一步都由自己規劃。看來，他要向馬朵學習的地方還很多。

馬朵似乎看出了商深的想法，呵呵一笑，開導說：

「心急吃不了熱豆腐，你才剛大學畢業就想找到自己的方向，怎麼可能？我大學畢業後，整整摸索了六七年才終於知道自己到底想幹什麼該幹什麼——美國之行讓我建立了互聯網必將改變世界的理念，既然有了理念，就要去實現它。回國後，我決定辭職，為了我夢想中的互聯網改變世界的想法。當時，我已經步入而立之年，也是杭州十大傑出青年教師，校長剛剛許諾我一個外辦主任的位置，一切的一切是那麼的安逸美好，如果我不辭職還繼續留在學校任教的話，也許有一天我還會當上校長，到達我人生的巔峰。但是，那不是我想要的生活，我不想重複別人都有過的生活，如果人人都活得一樣，不就太沒意思了？世界那麼大，總需要一些特立獨行的人來讓世界顯得多姿多彩，對吧？我謝絕了校長的挽留，揮揮手，放棄了在學校的一切地位、身分和待遇，毅然下海了。」

「我也從儀表廠辭職了。」

如果說之前商深還對他的辭職有過一絲猶豫和不捨的話，馬朵的經歷讓他更加堅定了信心，凡事不破不立，如果他一直在儀表廠待下去，日復一日年復一年，永遠沒有盡頭，直到他老邁而昏花的時候再回首，才會後悔當初為什麼沒有在最美好的年華之時去搏擊風浪。只是真到了那個時候，再後悔也沒有用了。

何況他在儀表廠還一無所有的時候辭職，也沒有什麼損失，而馬朵已經是十大傑出教師了，而且還有大好的前途等著他，就在他前方一步之遙的地方，他卻放棄了唾手可得的一切，和馬朵相比，他的辭職輕鬆多了，完全沒有心理包袱。

「我支持你的決定。人總有一樣要在路上，不是身體就是靈魂。如果身體和靈魂都在原處，生活還有什麼意義可言？」

馬朵低頭一看手中的啤酒瓶，只剩下小半瓶啤酒了，他和商深碰瓶，「乾了，為了慶祝我們的第二次見面。」

商深受到感染，一飲而盡，然後一抹嘴巴：

「我聽說過一個故事，古時有一個禪僧，天天在外面行腳，一天，他到一個旅店歇息，晚上躺在床上，聽到隔壁一個人在唱歌——張豆腐，李豆腐，枕上思量千條路，明朝依舊賣豆腐。『張豆腐，李豆腐』，是指賣豆腐的人，『枕上思量千條路』，是躺在床上在想每天在外面賣豆腐很辛苦，明天是不是還幹這一行，要不改行做些別的營生，也許可以賺大錢，好過起早貪黑地又賺不了幾個錢。想著想著就睡著了，天一亮，仍舊趕緊起來磨豆腐賣豆腐去了。然後年復一年，等到老了就認命了，別說去做了，連想都不想了。」

「這個故事好，我得記下。」

馬朵和商深越聊越投機，在他看來，商深和當年的他很像，不甘平庸，想要突破，但商深比他更有優勢的是，商深更沉穩更有才華，對ＩＴ行業的瞭解也比他深入，以商深的性格和能力，如果給他一個可以施展的舞臺，他一定可以大有作為。

「我採取了先斬後奏的策略，辭職後才告訴家裡，家裡就算反對也晚了，哈哈。不過當時家人有反對有贊同，還沒有到一邊倒全部反對的情形。」馬朵想起辭職時的情形，感慨地說：

「但是當我提出要開辦一家互聯網公司時，卻遭到家人一致的反對，不對，除了家人之外，還有親朋好友也沒有一個人贊成的。因為在當時，互聯網對於絕大部分中國人來說，還是非常陌生的領域，即使在全球，互聯網也剛剛開始起步——在大洋彼岸，尼葛洛龐帝剛剛寫完《數位革命》，楊致遠創建雅虎還不到一年。在北京，中科院教授錢華林剛剛用一根光纖接通美國互聯網，收發了第一封電子郵件——在這樣的情形下，在杭州連網路都還沒有開通的前提下，我要開網路公司的想法，在大多數人眼裡不但是天方夜譚，還是空中樓閣，一提出來就立即遭到所有人的強烈反對！」

「是非常非常強烈的反對！」馬朵又強調了一句，搖頭一笑，「還好家人畢竟家人，見我態度堅決，雖然不相信我能做成，最後還是無條件支持我。但親朋好友就不一樣了，我想拉他們和我一起幹，結果你也知道，廿四個人裡我只說服了一個人。但我沒有灰心，沒有失望，不能和張豆腐李豆腐一樣，睡了一夜之後起來還去賣豆腐，於是我決定哪怕是單槍匹馬也要幹下去。」

「馬哥，你在只接觸了互聯網一次之後，就對互聯網有這麼大的信心？」商深最佩服馬朵的不是他的眼光，眼光有時候有很大的賭注成分，他最佩服馬朵的是他想到做到的決心，有太多人想到了做不到，最終只在幻想之中錯失良機。想到並做到，知行合一，才是一個人最了不起的優秀品質。

「想不想聽實話？呵呵，其實最大的決心並不是我對互聯網有多大的信心，而是我覺得做一件事，無論失敗與成功，經歷就是一種成功，你去闖一闖，不行你還可以掉頭；但是你如果不做，就像晚上想想千條路，早上起來走原路一樣的道理，你永遠是原地踏步。」

馬朵繼續說道：「我力排眾議決定創辦中國黃頁，支持我的人只有我的妻子和一個朋友，三個人，湊了兩萬塊。網站上線後，公司成為中國最早的互聯網公司之一。」

「知道我為什麼非要力排眾議也要上馬中國黃頁嗎？因為一件衣服被我穿上了，百分之八十的人都說好看，那我一定會買！一個生意機會被我遇上了，百分之八十的人都說可以做，那我絕對不會去做！我深信世界上的二八定律，為什麼世界上百分之八十是窮人，百分之二十是富人？因為百分之二十的人做了別人看不懂的事，堅持了百分之八十的人不會堅持的正確選擇！成功只屬於有遠見，敢挑戰懂堅持的人！」

「網站上線之初，沒什麼生意，許多人都等著看網站關門大吉的笑話。三個月後，上海正式開通互聯網，網站的業務量激增。許多企業開始意識到建立自己主頁宣傳企業的重要性，而中國黃頁已經先人一步佔領了市場，我的先見之明為我帶來了豐厚的利潤。當時，製作一張主頁，中英文對照的兩千字內容、一張彩照，開價就是兩萬人民幣。不到三年，就輕輕鬆鬆賺了五百萬利潤，並在國內打開了知名度。」

「五百萬？」

商深大驚，儘管知道馬朵的網站是國內最早贏利的第一批網站之一，卻沒想到利潤居然如此豐厚，第一個吃螃蟹者比別人付出了更多，也比別人收穫了更多。

「是呀，怎麼了，我看起來不像是百萬富翁是吧？」馬朵從口袋中拿出一把梳子，梳了梳頭髮，哈哈一笑，「人不可貌相，海水不可斗量，難道不帥的人就不能是百萬富翁了嗎？」

「哈哈……」

商深被馬朵的舉動逗得樂不可支。也不怪他震驚，最近幾年雖然經濟飛速發展了，但百萬富翁還是鳳毛麟角一樣少見，或許在南方沿海城市很常見，北京也好說，但如杭州一樣的中部中等發達城市，確實是太少。

「那我就不明白了，既然馬哥靠中國黃頁成了百萬富翁，為什麼還要來北京和外經貿部合作？」

就商深所想，馬朵完全可以繼續把中國黃頁發展壯大下去，也許有一天還會成為國內最大的企業交流平臺，別說五百萬，五千萬，甚至五億也不在話下。

「中國黃頁打出名氣之後，外經貿部邀請我來北京建立外經貿部官方網站、網上中國商品交易市場、網上中國技術出口交易會、中國招商、網上廣交會、中國外經貿等一系列官方網站。我一開始和你的想法一樣，覺得只要做好自己的中國黃頁就足夠了，不用北上。但後來又一想，杭州既不是政治中心，又不是經濟中心，還比不上沿海發達城市，在杭州畢竟眼界太小，思維的寬度和廣度會受到局限，來北京和外經貿部合作，可以登高望遠，可以瞭解國家未來的發展方向，學會從宏觀上思考問題，每個人都是井底之蛙，但只要有跳出井口的勇氣，你的世界就比別人廣闊多了。」

「為此，外經貿部特意成立了中國國際電子商務中心（ＥＤＩ），任命我擔任資訊部總經理。因為中國黃頁在國內獨一無二的影響力，所以外經貿部為了能夠打動我和我的團隊，開出了非常好的條件：提供兩百萬的啟動資金，並給團隊百分之三十的股份。我帶領一共八個人的團隊，從現在開始準備常駐北京，要辦好國家層面的對外貿易的網站。」

馬朵伸了一個大大的懶腰，抬手看了看時間，又打了一個哈欠說道，「本來只是路過，沒想到和你一聊就聊了這麼久，我該回去了，下午還有許多事情要忙。對了商深，你什麼時候去深圳？什麼時候再回北京？」

「還不知道呢，得先完成手中的工作才能走，去深圳，也不知道要在深圳停留幾天。」商深想了想，道：「既然馬哥從杭州來北京要的是登高望遠，我說什麼也要去深圳一趟，親眼見識一下改革開放的前沿陣地的萬千氣象，才能對未來有一個更貼近現實的規劃。在北京可以登高望遠，在深圳可以開拓眼界接觸新事物。」

「好，去看看也好。如果再回北京，記得一定來找我。」

說話間，馬朵站了起來，準備要走，來到門前，又站住了，「我感覺你還會再回北京，北京才最適合你。一個人遇到一個知己不容易，遇到一個知心愛人也不容易，找到適合自己發展的城市更不容易。知道為什麼杭州離上海那麼近，我不去上海發展，非要來北京？因為上海不是一個適合創業的城市，或者說，不是一個適合我創業的城市……好了，不說了，走了。」

馬朵朝商深揮了揮手，說走就走，也不讓商深送他，不料剛一打開門，頓時嚇了一跳，門口站了一黑一白兩個陌生人。

兩個人一個黑胖一個白瘦，反差十分強烈，乍一看，直讓人疑心是傳說中的黑白無常索命來了。

馬朵問道：「你們是誰？找誰？」

話說一半時，他忽然意識到了哪裡不對，門口的兩個人明顯是來者不善、善者不來的姿態，二人不但人手一根木棍——沒錯，黑胖和白瘦的手中都拎了一根棍子——而且二人目露凶光，一副吃人不吐骨頭的凶狠。

黃漢和寧二從茶館出來，馬不停蹄直奔頤賓樓而去，到了樓下，想了想，覺得對付商深雖然是二比一，但鑑於之前商深的所作所為太陰險狡詐，赤手空拳的話可能會吃虧，二人決定還是要拿上武器比較穩妥。

在門口沒找到稱手的武器，二人溜到賓館裡，發現清洗廁所的通便器挺好，就去掉了吸頭，只拿了半米長的木棍來到樓上。

二人剛來到門口，琢磨著假裝服務員敲門好引商深開門，不料還沒敲門，門就開了。門開了也就算了，裡面出來的人不是商深，而是一個不認識的小個子，小個子不但個子不高，長得還嚇人。

黃漢和寧二對視一眼，一時暈了，不知道出現了什麼狀況。再抬頭看看房間號碼，沒錯呀。

「你是誰？」黃漢愣了愣，又恢復了鎮靜，問道，「商深呢？我們是他朋友，找他有事。」

馬朵從小打架無數，目光如電，一眼就看出黃漢和寧二不是商深的朋友，是對頭還差不多，他回身關上房門，又輕輕在房門上敲了兩下，提醒商深不要露面。

「商深剛才下去了，你們沒有遇到他？他去一樓找服務員要拖鞋。走，我帶你們去找他。」馬朵迅速有了決定。

「不用了，我們在門口等他就行。你下去後遇到他，麻煩告訴他一聲，就說他在北京的老鄉來找他。」

黃漢不相信馬朵，有了提防之心。

「這樣也好。」馬朵見對方不上當，也不勉強，點點頭，下樓去了。

「會不會是商深的幫手？」寧二盯著馬朵下樓而去的身影，「我總覺得他哪裡有問題，剛才不應該放他走。」

「不放他走？你又不知道他是誰。」黃漢敲了敲房門，「我總覺得商深就在房間裡，剛才應該推門看一看。」

「這樣不好，如果推門讓商深發現了我們，他叫住剛才的朋友，就有了幫手。」寧二忽然有了主意，「這樣，你在這裡守著，防止商深逃跑，我去服務台偷來房間鑰匙，我們來個甕中捉鱉。」

第二章

商深速度

十幾分鐘後，商深來到仇群的辦公室，距離他離開仇群辦公室還不到十個小時

也就是說，在不到十個小時的短暫時間內，

他就解決了八達集團一直沒有解決的BIOS故障頑疾！

這件事也成為了傳奇，業內稱之為商深速度。

「行呀寧二，平常你傻乎乎的，沒想到關鍵時候還挺有主意，行，就這樣辦了。」

黃漢一拍寧二的肩膀，又一揚手中的木棍，「我就守在門口了，不信商深不出來，也不信他不回來。」

寧二得了誇獎，就如得了糖果的孩子，嘿嘿一笑，扛著棍子就如豬八戒扛釘耙一樣，樂呵呵地下樓去了。

黃漢輕輕敲了幾下房門：「商深，我知道你在裡面，這樣，你出來，我們有話好好說，我保證不打死你，怎麼樣？」

裡面悄無聲息，沒有一點兒動靜。

「男子漢大丈夫，怎麼能像個縮頭烏龜一樣呢？你躲得一時躲不了一世，趕緊出來，我們的事情今天做個了斷，怎麼樣？只要你出來，我保證一不打死你，二，以後再也不找你麻煩了，怎麼樣？如果你不出來的話，以後我會變本加厲地折磨你……」

黃漢絮絮叨叨地說了半天，不料他說得口乾舌燥，房間內別說有反應了，靜得連一根針掉在地上都能聽得到。難道真的沒人？黃漢都懷疑自己判斷錯誤了，一扭頭，見寧二興沖沖地回來了。

寧二身後還跟著一個服務生，服務員低著頭，跟在寧二身後，他個子不高，身材瘦小，頭上還戴了頂帽子，讓人看不清楚他的長相。

黃漢腦中奇怪的念頭只閃了閃，也沒深想，就急急地問寧二：「不是要你去偷鑰匙，怎麼服務生也跟來了？」

寧二擠眉弄眼地說：「人太多，沒機會下手，正好這個服務生說商深的房間該打掃了，我說我是商深的朋友，來找他的，他就跟我上來了；還說商深該交房費了，他正好催催……怎麼樣，我聰明吧？」

「聰明！」黃漢高興地伸手去拍寧二的肩膀，不料手伸出一半突然停下了，「不好，上當了！」

「上什麼當了？」

寧二還沒弄明白是什麼狀況，就感覺後背上結結實實挨了一腳，他感覺腰好像要斷了一樣，「媽呀」一聲朝前一撲，撲到黃漢的懷裡。

「誰打我？」寧二怒了，回頭一看，踹他一腳的人不是別人，正是跟在身後的服務生。

寧二火冒三丈：「我和你有什麼仇什麼怨，你幹嘛踢我啊？」

話剛說完，門突然打開了，商深從裡面沖了出來，以迅雷不及掩耳之勢，飛起一腳正中黃漢的腿上。

正緊盯著服務員的黃漢做夢也沒想到商深這個時候會沖出來，而且還敢沖他下手，不，出腳，他猝不及防被一腳踢中，一陣鑽心的疼痛傳來，再也站立不穩，身子一歪就倒在了地上。

他一倒，也帶動了寧二，二人就如一條繩子上的螞蚱，一前一後摔倒在了地上。

「啊，原來是你。」寧二在倒在地上的一瞬間忽然想起了什麼，指著服務員叫道，「你到底是誰？你不是服務生！」

「我當然不是服務生，我是你爺爺。」馬朵嘿嘿一笑，一抬腿又一腳踢在寧二的肚子上，「敢找商深的麻煩?!」

商深也沒放過黃漢，一拳打在黃漢的後背上：「黃漢，你和寧二是不見棺材不落淚是吧？剛才我已經報警了，等下你們等著進警察局吧。縣裡小地方，有熟人通風報信，北京可就沒人照應你們了。」

一聽商深報警了，黃漢和寧二顧不上還手，二人對視一眼，同時在地上打了幾個滾，躲開商深和馬朵的攻擊，然後連滾帶爬地站了起來，轉身就跑。

「別跑！」馬朵指著二人的背影大喊，「站住！」

二人哪裡還敢停留半分，跑得比兔子還快，慌不擇路，一頭撞在拐角的牆上，然後二人雙手捂頭下樓而去。

「真報警了？我剛才通知賓館保全了，不知道能不能截住他們。」

馬朵一邊脫去服務生的制服，一邊笑道：「好久沒打架了，真不過癮。我原本想好好逗逗這兩個傢伙的，沒想到你一說報警，他們溜得比什麼都快。你也是，讓我修理他們一頓多好，才踢了兩腳就跑了，不好玩。」

商深剛才在房間中聽得真切，知道是黃漢和寧二找上門了，他也留意到了馬朵的暗示，就故意躲在房中，等馬朵去而復返，還手的時候，他才乘機殺了出來，打了黃漢和寧二一個措手不及。

「這兩個傢伙是亡命之徒，一個叫黃漢，一個叫寧二，在德泉縣是一霸。我在德泉的時候和他們有了矛盾，沒想到他們還真有鍥而不捨的精神，北京那麼大居然也能找到我。」

商深敘述他和黃漢、寧二交惡的經過，忽然想到一個環節，他來北京的事，知道的人不少，但知道他住哪裡的人不多，而知道他住在哪裡的人，同時又和黃漢、寧二有交集的就更少了。和葉十三通話，他也沒有告訴葉十三他住在哪裡，不過，可以從電話號碼查到賓館的名字，商深心中一陣悲涼，難道說真是葉十三透露了他的地址？

「以後北京有我在，就沒有人敢再欺負你。」馬朵雖然個子不高，不過說話時昂然和自信的氣勢，儼然一副不可戰勝的表情。

他一拍商深的肩膀，意味深長地說：

「對付壞人，不要心慈面軟，要打到對方心服口服，以後再也不敢找你的麻煩。記住了，以後如果遇到商業上的對手，要壓直接強行收購對方，要麼動用一切手段逼得對方無路可走，不得不主動求你收購。走吧，下樓看看，希望保安能抓住黃漢和寧二。」

剛才馬朵下樓，先是通知了保全，說是有壞人來賓館鬧事，正好見寧二下樓，一副鬼鬼祟祟的樣子，臨時改變了主意，順手拿過服務生的制服穿上，假裝是服務生騙過了寧二，然後和寧二一起上樓。

還以為保安會緊隨其後上樓，不料架都打完了，還不見保安的影子，反應真是夠慢。馬朵搖了搖頭，北方的硬體不比南方差，但軟體方面還有待提高，服務意識太落後。

等兩人下樓後，才看到兩個保全扭著一個人正往警車上送。原來保安在樓下抓住了寧二。

寧二看到商深，惡狠狠地瞪了商深一眼，商深伸出手指，朝他做了一個勝利的姿勢，寧二被推進了警車。

警察過來簡單問了幾句，在得知寧二在德泉縣搶了一支價值近七千元的手機後，樂了：「犯了事還敢跑北京來？來就來吧，夾著尾巴老實點也許還能躲過去，卻還敢光天化日下摸到賓館來打人，也真是活該被抓了。」

可惜只抓住寧二卻跑了黃漢，警察說：「這兩人焦不離孟孟不離焦，他被抓，黃漢也跑不了的，放心吧。對了，我叫歷江，你留個聯繫方式，一旦抓住了黃漢，我就通知你，也許還需要你來作個證。」

警察年紀不大，也就是二十五六歲左右，一說話就露出一對虎牙，圓臉，濃眉，一口濃重北京口音，很熱情很隨和。

「好。」商深對歷江印象很好，熱情地和歷江握了握手，「我叫商深，很高興認識你，警官。」

「什麼警官，叫我曆哥。」

歷江記下了商深的聯繫方式，開車走了。

隨後馬朵也走了。

商深回到房間，看到一地的狼藉，想起和馬朵促膝談心的一幕，會心地笑了。不過一想起黃漢和寧二的出現，心中不免蒙上了一絲陰影，就如麗日晴空上的一片烏雲，讓天空平白多了一絲陰翳。

不過，卻更加證明了他和馬朵的友情，馬朵在他遇到麻煩時，不但沒有溜走，反而留下來幫他，並且從容地想好退路，和當年他制止偷井蓋時的策略如出一轍，不，更進一步了。

算了，不去想了，商深將東西收拾乾淨，重新整理好心情，坐回到電腦前，繼續投入到程式之中。

剛才的突發事件似乎激發了商深的靈感，又也許是和馬朵的一番長談讓商深充滿了鬥志，再次投入到程式中的商深狀態極好，以勢不可擋的銳氣，一口氣解決了好幾個難題，速度之快，手法之妙，連他自己都驚呆了。

他就如一名指揮千軍萬馬的將軍，不管是龍門陣還是八卦陣，只要他一聲令下，士兵們都會前仆後繼地排列成行，或衝鋒陷陣，或側面包圍，所有的士兵都臣服在他的絕對權威之下，在代碼的世界裡，他就是唯一的帝王。

在歷時四個小時一動不動的工作之後，商深終於寫完最後一個代碼，然後儲存好程式，伸了個懶腰，合上筆電，忍不住打了一個大大的哈欠。

這時他才注意到外面的天色已經黑了下來，衛衛怎麼還沒有回來？想打電話，又想起衛衛的電話被寧立搶走了。眼見到了晚飯時分，衛衛不會連晚飯也不回來吃了吧？商深完成了手頭的工作，很想立馬告訴范衛衛，他明天就可以和她一起去深圳了。

又等了一會兒，還是沒有范衛衛的消息，商深坐不住了，拿起電話打給仇群。

「仇總，故障已經排除了，現在方便的話，我就送過去。」

仇群正在辦公室收拾東西準備下班，接到商深的電話，有三分意外七分突然。

剛才張向西還就商深的事情和他交流了一下看法，張向西雖然相信商深可以解決故障，但不認為商深一個晚上就可以搞定，他半是玩笑半是認真地和仇群打賭：

「如果商深真能一個晚上就排除故障，我就給他一個技術總監當當，月薪兩千元。」

仇群很希望商深可以留在八達，笑道：「張總說話算話，不要反悔呀。」

「我什麼時候出爾反爾過？」張向西大手一揮，「如果商深可以挑起大梁，不要說兩千月薪，就是給他股份也不成問題。明年網站上線，有他的用武之地。」

沒想張向西剛走，商深電話就打了進來，仇群大為驚喜：「真的假的？商深，這可是大事，容不得半點玩笑。」

商深一愣：「仇總，你覺得我像是在開玩笑嗎？」

「哈哈，你趕緊過來，我在辦公室等你。」

放下電話，仇群急急跑到張向西的辦公室，正好張向西還沒有離開，趕忙報告道。

一聽商深已經解決了，他驚得目瞪口呆：「不會吧？說是要一個晚上，現在連過夜都不用了？要不要這麼快？不是開玩笑吧？？」

仇群哈哈大笑：「張總，你覺得商深那麼老實的一個人，會開這樣的玩笑嗎？」

張向西回過神兒來：「今晚本來還有應酬，不去了，推掉，趕緊讓商深過來。」

十幾分鐘後，商深來到仇群的辦公室，距離他離開仇群辦公室還不到十個小時，也就是說，在不到十個小時的短暫時間內，他就解決了八達集團一直沒有解決的ＢＩＯＳ故障頑疾！

而且中間他還和馬朵聊天聊了許久，又和黃漢、寧二幹了一架。

這件事也成為了傳奇，業內稱之為商深速度。在此後相當長的一段時間內，無人超越商深的速度，他的紀錄保持了長達數年之久。

商深來到仇群的辦公室，見張向西也在，顧不上多說什麼，立即打開筆電，開始測試他的程式。

張向西緊盯著商深，直到現在他還不相信商深真的解決了故障，這批印表機的啟動故障已經拖得夠久了，如果再解決不了，生產出來的印表機堆集如山無法推向市場，將會為公司帶來巨大的損失。

他表面上沒有表露出太多的焦慮來，其實心急如焚，每多耽誤一天，就多損失一天，他原本指望這批新的印表機出廠後，可以進一步擴大市場分額，誰知在即將出廠的前夕卻突然發生了ＢＩＯＳ啟動故障問題，他只能眼睜睜看著競爭對手一個又一個推出新型號的印表機一步步吞食市場。

說到底，還是國內的ＩＴ人才太欠缺。電腦和網路本來就是起始於西方，英文為基本語言，所有的程式和作業系統的底子都是用英文，所以每個電腦高手必須同時也精通英文，只有文理集於一身的人才才能成為一流的電腦高手。張向西見多了電腦科系出身的程式師，要麼思維太局限，只懂得按部就班地編寫程式，不知道變通，也不知道遇到故障時該怎麼解決；也就是說，被學到的知識限制死了，沒有突破既定框架的勇氣和能力。

要麼就是思維太活躍，活躍到了天馬行空的地步。但程式設計又不是文學創作，不能隨心所欲，必須在一個框架內按照既定的規則進行。

正因如此，張向西比任何人都清楚一個真正的電腦高手是多麼的優秀和稀缺，

他不但要有突破既定框架的勇氣和能力，對，勇氣和能力缺一不可，有勇氣沒能力，是有勇無謀。有能力沒勇氣，是膽識不夠。而且還要有帶著鐐銬長袖善舞的想像力，是的，就如風箏一樣，飛得再高再遠，也在一根長線的牽引之下，不會脫離主線。

難道商深就是他尋覓多年、萬里挑一的電腦高手？

商深打開程式開始測試，他一臉平靜，胸有成竹，因為他對自己編寫的程式有足夠的信心。卻不知道，站在他身後的張向西和仇群是怎樣的緊張和擔心。

張向西緊張，是為他能否見到一個真正的電腦高手的出現而緊張，他有太久沒有見到可以讓他耳目一新的電腦高手了。

仇群的擔心則是唯恐商深到底年輕，萬一哪裡有所疏忽，程式上哪怕有一點錯誤也是不可原諒的失敗。

程式不比小說，一部小說哪怕有幾個錯字也在情理之中，不影響一部書的敘事。但程式只要有一個小小的代碼不對，就可能導致整個程式癱瘓。商深會不會急於解決故障而難免有些小小的疏忽，最終會是功虧一簣的結果？

仇群的一顆心七上八下，緊張得幾乎喘不過氣。

如果讓商深知道了他的程式對於張向西和仇群本人，以及整個八達集團來說，具有多麼重大的意義，他或許也不會這麼輕鬆了，他只是把它當成一個普通的BIOS故障來解決，以初生牛犢不怕虎的勇氣加上自己的才華，以一往無前的士氣，勢如破竹地攻克了在許多高手眼中不可逾越的高山。

商深從容地打開程式，先是運行了一遍之後，又連上了印表機，然後打下一行字，發出列印命令。

張向西和仇群的目光都落在印表機上，目不轉睛，一時房間內鴉雀無聲，靜得嚇人。

印表機的電源指示燈閃了幾閃，然後……

忽然滅了，沒有啟動成功！

啊，失敗了！仇群臉色大變，商深到底還是年輕，肯定沒有經過一遍完整的測試，唉，還是功敗垂成，遺憾，太遺憾了。

張向西也是一臉遺憾加無奈，原以為商深是個罕見的頂尖電腦高手，不想也只是一個稍微比一般程式師強上幾分的普通高手。

又一想，也是，頂尖電腦高手可遇而不可求，哪裡這麼容易遇到？何況商深來自一個小小的鄉鎮的工廠，能有這樣的水準已經遠超一般人了，不能對他太苛求。

想到這裡，張向西怕商深難堪，拍了拍商深的肩膀安慰道：「不要緊，商深，別灰心，今天晚上再加把勁，也許就解決了。」

仇群見事已至此，知道責備也沒用，也安慰商深說道：「商深，不是我說你，你太要強了，在我看來，你用三天的時間解決故障就已經很了不起了，卻非要堅持用一天的時間解決，太為難自己了。這樣，你先回賓館好好休息一個晚上，明天再說。」

不料，讓張向西和仇群都沒有想到的是，商深的臉上不但沒有一絲沮喪和不安，相反，卻是一臉笑意，他憨厚地笑了笑：

「不好意思，張總、仇群，程式沒有問題，是別的方面的原因……」

程式沒有問題？張向西和仇群面面相覷，商深說的什麼胡話，程式沒問題怎麼印表機還是啟動不了？有問題就是有問題，改正就行了，也沒什麼大不了的，但不承認問題、推卸責任就不對了，這不是應有的正確態度。

張向西和仇群本來看在商深年輕的分上，對商深還有幾分惜才，聽商深這麼一說，二人對商深的觀感迅速降低。

張向西是個直性子的人，喜怒都寫在臉上，他臉色一沉，轉身就走：

「我還有事，先走了。」

仇群知道張向西生氣了，心中對商深也有了幾分不滿：「商深，你要是沒有解決啟動故障，也不怪你，畢竟時間太短，但你卻說不是程式的原因，還會是什麼原因？」

商深察覺到張向西和仇群對他態度的微妙變化，也不解釋，微微一笑：

「是我剛才不小心碰到了電源線，印表機的電源斷了。」

不是吧？沒電了？

張向西走到門口的腳步又停下了，回身看了一眼，差點沒停止呼吸！

……商深彎腰插好電源線，再次發送了列印命令，印表機在收到指令後，發出了咯吱咯吱的列印聲，隨後，一張紙順利地發送了出來。

紙上八個黑體大字，依然是商深最信奉的一句話：與人方便自己方便！

成功了！

張向西和仇群不敢相信自己的眼睛，真的成功了？無數高手解決不了的問題，無數專家束手無策的難題，真的被商深解決了?!而且連一個晚上的時間都不用，只用了幾個小時？太厲害，太驚人，太不可思議了！

張向西被急轉直下的劇情驚呆了，他站在門口，愣了半天才問出一句連他自己都覺得好笑的話：「商深，印表機裡的紙在放進去之前是白紙嗎？」

仇群一下子還沒明白過來張向西的話是什麼意思，微微想明白了之後，哈哈大笑道：「張總，不要懷疑了，商深確確實實是排除了故障，一直啟動不了的印表機正常啟動並且順利列印了。恭喜張總！」

「同喜，同喜。」

張向西知道仇群恭喜他什麼，是恭喜他發現了一個罕見的電腦高手，就如同中了彩票一般幸運，他向前一把抓住商深的手，「商深，謝謝你，非常感謝。」

幾千台無法啟動的印表機一直堆在倉庫中無法銷售，卻被商深三兩下就解決了，感覺就如同得了讓許多名醫都束手無策的疑難雜症，被商深這個不世出的絕世高手治癒了。

這不僅為他的總經理履歷又增加了一筆光彩的事蹟，更為集團進一步佔領市場立下大功。因而張向西不激動才怪。

曾經身為第一程式師的他，親眼見識了商深高超的電腦水準之後，頗有一種英雄惜英雄的情懷，他緊緊抓住商深的手：「商深，今天晚上我作東，一起吃個飯，不許推辭。」

商深撓了撓頭，一臉質樸的笑容：「我怕晚上還有事，衛衛不知道回不回來。」

「她要是回來，就一起。」張向西不由分說，拿出了領導者的氣概，「仇群，你訂一下飯店，要一個五個人的包間。」

「訂哪裡？」仇群故意問。

「皇冠假日。」

「好。」

仇群心中一驚，公司招待最重要的貴賓才會安排在「皇冠假日」，這麼說，商深在張向西的心目中已經位居貴賓的程度？

在去「皇冠假日」的路上，商深收到了范衛衛的訊息，說她晚上不回來吃了，讓商深自己解決，她還說她會儘早回來，讓商深不用擔心她。

和張向西、仇群的晚飯氣氛很好，商深感受到張向西和仇群對他的器重和認可，讓他大受鼓舞，尤其是張向西向他發出的邀請，更讓他激動不已，甚至超過了五星級飯店奢華的水晶燈、精美的餐具以及富麗堂皇的裝修帶給他的震撼。

「商深，來八達工作吧，月薪兩千起跳，還有年底分紅。明年網站上線，你最少是技術部總監，怎麼樣？」

第一次體會到被尊重、被重用的商深，沒喝幾杯酒就醉了。他深刻地體會到一個道理，一個人可以沒錢，也可以沒有社會地位，但一定要有本事！只有你有本事，你的價值對別人有用時，你才有成功的可能。而不可取代度越大，成功值也就越大。

對比他在儀表廠受到的冷落和閒置，果然是觀念決定發展，在對待人才截然相反的應度上，也決定了兩家企業未來的命運。

商深必須承認，張向西開出的條件，十分令他心動。月薪兩千，不但相當於他在儀表廠一年的收入，也比北京大部分人的收入還要高上許多，甚至比一些外商企業的白領階級收入還要高，就算畢京在微軟，除非到了中階主管，否則也不可能拿到月薪兩千元的高薪。

不過，既然答應了范衛衛，還是要先到深圳走一走看一看，再決定最後的人生方向。商深知道，如果說他從儀表廠跳出來是他的命運轉了一個大彎，那麼接下來的選擇，可能會是影響他一輩子的重大決定。

晚上八點多，范衛衛才回來。

「商深，看我給你買了什麼？」

一進門，范衛衛就一臉喜色的向商深揚了揚手中的東西，是個四方形的盒子，商深眼尖，一眼就看到上面的幾個英文字——Motorola，不用猜，是一部手機。

商深手中的兩千塊就沒有拿出來，他本想向范衛衛炫耀一下他利用一天時間就賺到兩千塊的赫赫戰果，但兩千塊在范衛衛六七千的摩托羅拉手機面前立即黯然失色，儘管這是他辛苦的勞動成果。

「來，送你。」范衛衛將手機遞給商深，一臉討好的表情，「怎麼樣，喜歡嗎？我覺得有必要送你一支手機，沒有手機聯繫太不方便了，人海茫茫，萬一你失去聯絡了怎麼辦？手機在手，你就能時時刻刻想起我。而且，我還為你選了一個號碼，你要保證廿四小時開機，還要保證永遠不換手機號碼……」

商深本想拒絕范衛衛的好意，但聽范衛衛的一番話之後，他知道如果拒絕，肯定會傷了她的心，只好接了下來：「是不是還要保證只愛你一個，不許愛上別人？」

「答對了。如果你拿著我送你的手機和別人甜言蜜語，你還能心安理得的話，商深，我會鄙視你的人品，厭惡你的為人。」

范衛衛一本正經地說完，又噗哧笑了，「本來我想買兩支一模一樣的手機，可惜還要買去深圳的機票，錢不夠了，還差兩千塊。」

「我有兩千塊。」商深拿出剛剛從八達得到的報酬，塞到范衛衛手中，「明天去買吧。」

「啊，你哪裡來的兩千塊？」范衛衛嚇了一跳，「不會是搶的吧？」

「哈哈！我替八達解決了印表機啟動故障的難題，他們付了我兩千塊的酬勞。」商深又說出張向西想請他到八達工作的事，徵求范衛衛的意見，「你覺得怎麼樣？」

「一個月兩千塊呀？」

范衛衛歪著頭，露出臉上的酒窩，她習慣性地咬了咬右手食指，「在深圳找一個月兩千塊的工作也不太好找，不過，我相信憑你的本事，在深圳肯定更有用武之地。深圳比北京進步多了，以後ＩＴ公司不會比北京少。好了，不說了，明天訂機票去深圳，好不好？」

商深知道范衛衛還是希望他留在深圳陪她，也就沒再說什麼，手中沉甸甸的手機就是范衛衛全心全意付出的沉甸甸的愛，他怎能辜負？雖然深圳沒有八達、沒有愛特信，但深圳有賽格，有馬化龍。或許未來深圳也會有和八達、愛特信並駕齊驅的ＩＴ公司，甚至還會有所超越……

「好。」商深堅定地回答了范衛衛。

他沒對她說起白天發生的黃漢和寧二的插曲，還是讓她生活在有如童話般無憂無慮的世界之中比較好，愛情完美，生活完美，一切完美。

范衛衛在外面奔波了一天，很快就睡著了。商深雖然也忙碌了一天，卻沒有睡意，他坐在床上，如觀賞珍寶一樣看著熟睡中的范衛衛。

范衛衛來自沿海開放城市，思想比他開放，家境比他優越，卻喜歡上了他，對他全心全意，不嫌棄他貧困，也不在意他的未來，只想和他在一起，對她的愛，他怎能不銘記在心？只是現在的他還一無所有，甚至連一個安身立命之處都無法為她提供。

男人的可悲之處在於，在他一無所有的時候遇到一個全心全意愛他的女孩，他卻給不了她任何物質上的保障，讓她受盡顛沛流離之苦；而當他物質豐富應有盡有之時，也許卻再也找不到一個全心愛他的人可以陪他看日出日落，過著平凡幸福的日子。

商深暗暗發誓，他絕不要這樣的悲劇在他身上重演！

第三章

連過三關

仇群勸導商深：「商深，現在正是你站穩腳跟的大好時機，
為八達排除BIOS啟動故障，就是你真正實力的體現。
現在如果再進一步解決中文處理軟體的問題，
你就等於連過三關，真正奠定了你在北京，不，整個中國IT業的地位！」

商深是被電話鈴聲吵醒的。

鈴聲響起時，他還以為是做夢，翻了個身繼續睡。

鈴聲卻響個不停，他終於被吵醒了。醒來的一瞬間意識還不太清醒。電話？什麼電話？對，范衛衛剛送了他一部手機，不過他昨晚沒有開機就睡了。

啊，是賓館的電話。

商深一下清醒了，睜眼一看，對面的床上已經空無一人，不知道什麼時候范衛衛已經起床出去了。他跳下床，接了電話。

是仇群。

「商深，有一個突發情況，需要你馬上來公司一趟，方便嗎？」仇群的語氣焦急中帶有幾分客氣。

「方便。」

商深心中一驚，難道是他解決的ＢＩＯＳ故障又出現問題了？不應該呀，「什麼突發情況？」

「有個軟體出現了一點問題，你過來看看能不能解決。」仇群猜到商深的擔憂，趕忙說：「放心，不是你修復的ＢＩＯＳ故障，是另外一個軟體。」

「好。」

商深鬆了口氣，放下電話，洗漱完，見床頭留了一張紙條，上面有范衛衛纖細的小字：「我出去買早餐了，等我回來，乖。」

商深笑了笑，拿起筆在後面留了句話：「有突發情況，我去八達了，你自己吃吧。有事打我手機。」

趕到八達的時候，才早上八點鐘，還沒有上班。仇群已經到了辦公室，一臉焦急地等在門口。

「你可來了。」仇群讓商深進了辦公室，打開電腦，點開一個八達出品的文書處理軟體，「頁面出現問題，你看看能不能解決？」

商深點點頭，坐了下來，檢查了一會兒之後，臉色凝重地說：「仇總，問題不小，一時半會兒可能解決不了。」

「你出馬的話，需要多久？」

仇群早就知道問題不小，幾天前發現問題時，就請公司的技術人員檢查過了，技術部門有人說需要兩個月，有人說估計最少一個月以上，有的乾脆說無能為力。如果不是這樣，他也不會請商深出手。

「我評估最快一星期，最慢兩個禮拜。」商深一臉難色，「可是仇總，我已經答應衛衛要去深圳了，沒那麼多時間。」

「去深圳又不是什麼緊急的事，再說你去深圳，是急著去工作，還是只是看一看？如果只是看一看，早一天晚一天又何妨？」

仇群勸導商深：「不要為了一個虛無飄渺的機會而放棄眼前近在咫尺的機會，商深，現在正是你在北京ＩＴ業站穩腳跟的大好時機，如果說上次在儀表廠搞定列印難題，會有人說你是瞎打誤撞，那麼為八達排除ＢＩＯＳ啟動故障，就是你真正實力的體現。現在如果再進一步解決中文處理軟體的問題，你就等於連過三關，真正奠定了你在北京，不，整個中國ＩＴ業的地位！」

商深動心了，他是男人，男人天生有事業心，想成就一番事業，現在成就一番事業的機會就擺在眼前，他如果錯過就太可惜了，機會可不是時時刻刻都有的，有時錯過就永遠不會再有。

「好，我試一試。」

仇群滿意地笑了：「我安排一下住宿問題，這幾天，你的吃住費用全由公司負責，至於報酬，你有什麼想法儘管提。」

商深有些為難地說：「這個問題比上個問題棘手多了，也要耗費更多的時間，所以我想……」

「五千！」

仇群不等商深開口，主動拋出了大殺器，他知道對商深來說，現在最缺的不是時間，而是錢！

「等你解決了問題拿到這五千塊後再去深圳，不管是想留在深圳發展，還是去見范衛衛爸媽，也有了底氣，是不是？」

「是。」商深摸了摸腦袋，不好意思地笑了，仇群說到了他的心裡，現在他雖然有了兩千塊，卻依然是個不名一文的窮小子，難道要雙手空空去見衛衛爸媽？總要買些禮物上門才合禮儀，現在有個一周時間就可以賺五千塊的機會擺在眼前，他自然要緊緊抓住。

回到賓館，一開門，范衛衛就撲入了懷中。

「怎麼了？」感受到懷中范衛衛的情緒波動，商深輕輕撫摸她的頭髮，「吃過早飯沒有？」

「沒有，等你呢。」范衛衛抬頭幽怨地看了商深一眼，「你是不是不和我一起去深圳了？」

「我又接了一個活兒……」商深艱難地開口，「時間不會太長，頂多一個多星期。」

「就知道你會這樣。」范衛衛有幾分生氣，推開商深坐到床上，背對著商深，不說話了。

商深坐在范衛衛身邊，拉住她的手，感受到她的小手微有冰涼，安撫道：「我不過是晚幾天過去，又不是不去，衛衛，我理解你，你也要支持我。北京也好，深圳也好，哪裡先有機會就要先抓住，何況八達給的報酬很誘人，我現在也需要錢。」

「可是，我今天和爸媽通話，他們要求我今天就得回去。我不想一個人，想你陪我一起回去。」范衛衛抱住商深的胳膊，靠在他的肩膀上，「以前不認識你的時候，我一個人也習慣獨自上路，但認識你以後，不知道為什麼，就不想一個人孤單了。」

商深握緊范衛衛的小手，他也不想離開范衛衛。

感情就是這麼奇怪，沒來的時候，不覺得一個人有多孤單，感情來了，習慣了兩個人的相處，一旦離開，就像失去身體的一部分一樣痛苦。

「你先走也好，省得叔叔阿姨掛念。我在北京處理完手中的活兒，就去深圳找你。」商深抱了抱范衛衛，「不過就分開幾天而已，又不是生離死別，以後再也見不到了。你是個堅強的女孩，聽話，別胡思亂想了。」

「討厭，不解風情。」范衛衛一推商深，站了起來，拿過早餐，「吃吧。我買了油條、小籠包，還有花卷、饅頭，你吃哪一種？」

「天啊，撐死我也吃不完。」商深見范衛衛轉移了話題，陪笑說。

「吃不完也得吃。」范衛衛拿起一個包子塞到了商深的嘴裡。在打鬧中，二人吃完了早飯。

飯後，范衛衛收拾好行李準備去機場。上計程車的瞬間，雖然她扭頭過去不讓商深看到她的悲傷，但眼角滑落的淚水還是映入了商深的眼簾，商深的眼角也濕潤了。

商深回到賓館，決定振作精神，與其陷在難過的情緒中，還不如快點完成手中的工作，也好早一天和范衛衛見面。

在商深的再三堅持下，范衛衛接受了他的兩千元，現在他身上已經接近山窮水盡了。誰也想像不到，讓八達集團的總經理張向西視為ＩＴ業第一高手的商深，居然窮到幾乎身無分文的地步。

好在八達負責食宿，除了吃住之外，商深也不需要額外開支，范衛衛給他留下的手機，一次交了一千元的話費，足夠他使用了。

以後不管遇到什麼事，他都不能辜負衛衛！商深心中暗道，范衛衛對他不但一往情深，而且還考慮得十分周到，又顧及到他的面子，如此體貼入微，讓他心中的感動無以言表。

范衛衛到達深圳了，打電話報平安來，讓商深不必掛念，還讓商深保重身體，注意休息，別太勞累，然後就匆匆掛斷了電話。

商深聽到電話中傳來喧囂和嘈雜聲，以及范衛衛爸媽催促她趕緊上車的聲音，范衛衛回到爸媽身邊，他也可以放心了。

收心之後的商深，全力以赴地投入到工作中。

第一天，商深除了工作就是吃飯睡覺，由於專心於工作，加上他發現這次遇到的難題比上兩次強上許多倍，讓他幾乎沒有時間思念范衛衛。

待他理順思路，找到脈絡，在初步有了解決方案之後，商深忽然不可抑制地思念起范衛衛。和范衛衛在一起的時候，還不覺得，等她一走，范衛衛的一顰一笑，亦喜亦嗔，一幕幕如在眼前，怎麼也揮之不去。

第三天，回到深圳的范衛衛買了手機補了新卡，給商深打了個長途電話，一訴相思之苦。

「我和爸媽說了，他們歡迎你來深圳。」

「你到底什麼時候才能弄完啊？上次的故障，頂多一天就好了，這個故障怎麼這麼久？你不是騙人的吧？是不是不想見我，故意拖延時間？」

「真不好玩，聽不出是逗你玩的呀，不理你了。」

兩人講了足足有半個小時，光是電話費就不下一兩百元。

午睡了一會兒，商深迷迷糊糊從床上爬起來，洗了把臉，打開電腦，兩耳不聞窗外事，一心只當工作狂，繼續投注在工作上。

兩個小時後，商深起身喝水，傳呼機響了。

「請回電話，我是杜子清。」

杜子清？商深的眼前立刻浮現出杜子清清秀的容顏，想起在德泉杜子靜對他的照顧，再想到他離開時沒有來得及向杜子靜告別，心裡忽然很是過意不去。

商深急忙回了電話。

「子清，你好。」

「商深，你在北京吧？我想見你。」杜子清的聲音中透露出一絲焦急和迫切。

「怎麼了？」商深心中一驚，莫非出什麼事了？

「見面再說好嗎？電話裡不方便說。」

「好……吧。」商深想了想，去哪裡都不方便，主要是不管是喝茶還是吃飯他都沒錢，就在賓館好了，「我在頤賓樓，你直接過來找我吧。」

「……好。」似乎是稍微猶豫了一下，杜子清答應了。

一個小時後，杜子清趕到了。

幾天不見，杜子清又消瘦了幾分。穿著一身潔白長裙的她，清減的面容以及瘦削的雙肩再加上楚楚動人的雙眼，就如一朵風中怒放的杜鵑。

不知為何，見到杜子清微有憔悴的容顏，瞬間想起了李白的一首詩：「楊花落盡子規啼，聞道龍標過五溪。我寄愁心與明月，隨風直到夜郎西。」

「進來吧。」商深讓杜子清進屋，倒了杯水，遞到她的手中，「你還好嗎？十三呢？」

「還好，愛特信的待遇還不錯，王陽朝人也挺好，對員工很照顧，可是我……我不太好，十三不知道去了哪裡，我好幾天沒見到他了，怎麼也聯繫不上他，他沒有聯繫你嗎？」

杜子清一臉焦急，一口喝完杯中的水，放下水杯，抓住商深的手，「商深，你最瞭解十三了，你幫幫我好不好？他太讓人琢磨不透了，我都不知道他到底喜不喜歡我，我……」

意識到了自己的失態，杜子清臉一紅，鬆開商深的手：「對不起，我太著急了。」

「十三失蹤了？」

商深一驚，腦中驀然想起幾天前黃漢和寧二上門找他麻煩的事，隱約覺得葉十三的失蹤也許和這件事有關。

「到底是怎麼一回事？」

「我也不知道。」杜子清低下頭，一臉愁容，「前幾天他說要和畢京談事，誰知道去了之後就再也沒有回來，打他手機也是關機狀態，聯繫畢京也聯繫不上，不管是他的公司還是畢京的公司，都不知道他們去了哪裡，我也知道你應該不知道他們在哪裡，可是我實在沒有辦法了，只好來麻煩你了。商深，你能不能想想辦法……」

商深雖然在北京上了四年大學，但如果要讓他在北京找到故意藏起來的兩個人，無異於大海撈針，別說是他，就是警察估計也無能為力。

雖然他不知道發生了什麼事，但大概猜到一二，葉十三和畢京肯定是躲了起來，是不是因為黃漢、寧二事件他不清楚，但兩者之間肯定有某種不為人知的關係。

「我是真的沒有辦法……」商深搖搖頭，一臉無奈，「你聯繫不上他，我也一樣沒辦法聯繫上他，除非他主動找我。」

杜子清僅有的一絲希望破滅了，低聲道：「我知道十三在有些事情上對不起你，商深，我替他向你道歉，希望你能原諒他。他不是有心要傷害你，只是想獲得一種心理上的平衡……」

杜子清的話似乎暗示些什麼，商深想問個明白，又覺得那是他和葉十三之間的問題，還是兩人直接面對面解決為好，話到嘴邊就又咽了回去。

他正要再安慰杜子清幾句時，忽然傳呼機又嘀嘀地響了起來。

「請回電話，我是歷江。」

歷江……

商深微微一怔，隨即想了起來，是抓走寧二的那個警察，難道是寧二案件有了進展？他當即撥通了歷江的電話。

「歷警官……」

「什麼歷警官，叫歷哥，哈哈。」歷江爽朗的笑聲傳來，很有感染力，「商深，告訴你一個好消息和一個壞消息。好消息是，寧二因為搶劫罪證據確鑿被正式逮捕了，不出意外，判他個三五年問題不大；壞消息是，他承擔了所有的罪名，所以我們暫時拿黃漢沒有辦法。你以後要提防黃漢一些，防止他拿你出氣。」

寧二被捕確實是好消息，至於黃漢……商深並沒有放在心上，相信經過寧二出事的打擊，黃漢暫時也不會再有心思對付他。

「謝謝歷哥，回頭我請歷哥吃飯。」商深客氣地說道。

「好說，好說，你剛畢業，沒什麼收入，還是我請你吧。」

歷江對商深的印象也非常好，不知道為什麼，第一眼見到商深，他就覺得商深是個值得交的朋友，按說他在派出所工作，閱人無數，見多了形形色色的人物，早就麻木了，不想還有他才見一面就感興趣的年輕人，商深到底有什麼吸引他的地方，他也很想弄個明白。

「今天晚上怎麼樣？」

商深沒想到歷江是個急性子，說吃飯就吃飯，他沒好意思拒絕：「行吧，就今天晚上。我還在頤賓樓，歷哥過來嗎？」

「晚上六點，準時到。」歷江見商深答應得爽快，心裡也很高興，「就這麼說定了，不見不散。」

商深放下電話，告訴一旁的杜子清：「剛才歷警官打電話來，說寧二已經被捕，不出意外的話，會判三年以上的有期徒刑。」

「啊！」杜子清驚嚇得花容失色，顫抖地說：「寧二要被判刑？當時……有沒有葉十三？」

商深喟嘆一聲，杜子清太不瞭解葉十三了，以葉十三的為人，怎麼可能會在現場出現？更讓他無語的是，她也太單純太善良了，剛才的話等於是間接承認葉十三是事件的幕後推動者。

其實商深早就猜到了葉十三有參與其中，只是他始終不願意承認，不想面對罷了，他很珍惜和葉十三十幾年兄弟一般的感情，但在親耳聽到杜子清有意無意中透露出來的消息後，他心中還是無比失望。

「沒有，怎麼會有十三，這事和十三沒關係。」商深努力替葉十三辯護，他不想對葉十三徹底失望，也不想看到杜子清眼中的絕望越來越深。

「商深，你真善良。」

杜子清直視商深的雙眼，不知道想起了什麼，忽然臉露愧疚之色，低下了頭，「我都替十三感到羞愧了，你卻還在維護十三。」

「他是我的兄弟，我不維護他維護誰?!」商深笑了笑，不想繼續沉重的話題，笑笑道：「對了，杜大姐調來北京沒有？」

「已經辦好交接手續，昨天正式上班了。她還說你和衛衛走得匆忙，連個招呼都沒打，還埋怨你們不夠朋友，呵呵。她還說，她幫你暫時保留了人事檔案，有一天你需要的話，她可以幫你從儀表廠提出來。對了，她還讓我轉告你她的聯繫方式，讓你有空的時候就聯繫她。她很喜歡你和衛衛，希望你和衛衛不要和她斷了聯繫。」

「會的，我們也很感謝杜姐對我們的照顧。」商深記下了杜子靜的聯繫方式。

「還有，畢工也調到北京了，是姐姐的頂頭上司。」杜子清面有憂色地道，「姐姐得罪了他，以後怕是沒好日子過了。不過姐姐說她不怕畢工，反正畢工左右不了她的命運。姐姐說，畢工在部裡說了你許多壞話，你就算想回儀表廠也沒有可能了。」

「謝謝。」開弓沒有回頭箭，他既然選擇了離開儀表廠，就沒有想到要回去的一天，商深淡淡地說：「隨便他吧，他處處為難一個晚輩，說明他沒有自信。」

「商深，有個問題我不知道該不該問……」杜子清咬了咬嘴唇，眼神躲閃。

「問吧。」

商深離杜子清不過咫尺，下午的陽光穿透窗戶正好照在她的臉上，更顯得她的皮膚吹彈可破，白嫩過人。一股淡淡的香氣伴隨著熱氣從她身上傳來，猶如深谷幽蘭的清香，更讓人覺得眼前的女子清迎脫俗。

多好的一個女孩，可惜的是，葉十三不知道怎麼鬼迷心竅，竟不知道珍惜杜子清。

商深暗暗嘆息，他太瞭解葉十三了，葉十三對杜子清若即若離，說明他根本就不愛杜子清，只當杜子清是沒有選擇的選擇，只要他有了新的目標，他一定會毫不猶豫地拋棄杜子清去追求他自己的幸福，才不會在意杜子清傷不傷心。

「你和十三以前……有過什麼矛盾嗎？」杜子清小心地問，她以前問過葉十三同樣的問題，結果被葉十三冷頭冷臉地頂了回去。

「我覺得沒有，十三是不是認為有，我就不清楚了。」商深搖搖頭，「我和十三的事，你就不要管了，子清，我們的事我們自己會解決。」

商深是出於好心，杜子清連自己的感情都無法準確把握，何況他和葉十三的友情？更何況她根本就不瞭解葉十三的為人。

「嗯。」杜子清聽話地點點頭，想起幾日來的擔心和不安，鼻子一酸，「商深，我想哭，能不能抱抱我？」

「這……」

商深本想拒絕，但見杜子清可憐的樣子，不由心軟，便點了點頭。

杜子清輕輕將頭靠在商深的懷裡，心中有千般擔心、萬種委屈一起湧上心頭，再也無法矜持，痛哭失聲：「商深，我真的好苦！」

商深輕拍杜子清的後背，想說什麼又無從說起，愛上一個不該愛的人是她最大的錯誤，但愛的錯誤往往又無法糾正，他又不願意說葉十三什麼壞話，只好以沉默來回應杜子清。

忽然「咚」的一聲巨響，門被人從外面撞開了，葉十三和畢京有如從天而降一般出現在門口。

「商深！」葉十三臉色鐵青，冷冷道：「我十幾年的發小，從小長大的鐵哥們，你可真是我的好兄弟啊！背著我泡我的女朋友，你還是人嗎？」

商深大驚失色！

「十三，你誤會了，你聽我解釋……」

商深沒想到葉十三會突然闖進來，而且時機還如此之巧，瞬間大腦一片空白，葉十三對他的指責讓他無地自容，「我只是在安慰子清，不是你想的那樣。」

「安慰？抱在一起安慰？是不是接下來就安慰到床上去了？」

葉十三不給商深解釋的機會，向前一步，一拳打在商深的肩膀上，「商深，從此以後，我們兄弟恩斷義絕！」

「葉十三，你不要污辱商深，也不要污辱我，更不要污辱你自己的眼光和智商！」

杜子清一把拉住還想繼續對商深動手的葉十三，試圖解釋道：「是我一直找不到你，才來找商深商量該怎麼辦。因為我太難受，快要撐不住了，才讓商深抱我一下，你就這麼沒自信，這麼小心眼，這麼鼠肚雞腸？」

杜子清沒想到她的脆弱之舉給商深帶來無妄之災，後悔得要死。更沒想到葉十三一來就不問青紅皂白，居然懷疑她和商深有什麼隱情，更令她羞辱交加。

商深被葉十三重重地打了一拳，不躲不閃，硬是承受了。他目光平靜，但在平靜中，卻蘊藏了一場蓄勢待發的風暴。

「小心眼？鼠肚雞腸？誰的女朋友被別人抱在懷裡，誰都受不了，況且又是口口聲聲自稱是發小的好兄弟！」

畢京冷笑一聲，極盡冷嘲熱諷之能事，「商深，你不是有范衛衛嗎？怎麼還惦著十三的女朋友？真服了你，腳踏兩隻船已經夠無恥了，沒想到居然無恥到連兄弟女人也碰的地步，我以前還覺得你是個人物，現在才知道，你根本是個人渣！一個一無是處的人渣！你不配當范衛衛的男朋友！我要替衛衛好好教訓教訓你……」

畢京一邊說，一邊揚起胳膊就要打商深。

商深輕輕一讓就躲過了畢京的出手，然後一伸手拎住畢京的衣領，畢京比他瘦小，被他抓住就如老鷹抓小雞一樣。

「十三和我是情同手足的發小，他打我，我忍了，不還手，你算什麼東西，敢對我動手動腳？如果不是看在你是十三朋友的分上，我早就一腳踢開你了！」商深目露凶光，不客氣地說：「你再敢對我動一次手，我保證讓你後悔一輩子。」

人善被人欺，馬善被人騎，畢京平時只見商深憨厚的樣貌，以為商深是個膽小怕事、任人擺佈的軟柿子，沒想到商深發狠的時候竟然如此兇悍，由於前後反差太大，他被商深的氣勢震懾到，整個人嚇呆了。

「你、你、你，你放開我。」聲音發顫，幾乎站立不住。

見畢京這麼慫包，葉十三又氣又惱，一把分開商深和畢京，站在商深的對面，和商深正面對峙。

他比商深高，在身高優勢上壓了商深一頭。商深卻氣勢不減，鎮靜淡然地直視葉十三的雙眼，眼中有強烈的疑問和憤怒，也有不甘和不滿。

葉十三本想利用身高的優勢逼商深退讓，不料商深寸步不讓，還逼視他的雙眼，他一開始還能頂住商深平靜中蘊含滔天怒意的眼神，過了一會兒，他心虛了，氣勢大降，眼神躲閃開來。

回憶幾天來的東躲西藏，葉十三感覺像是做了場真實而恐怖的噩夢，在京夜茶館門前的一齣大戲，讓葉十三一向驕傲的自尊遭遇了前所未有的重創！先是崔涵薇對他的無視。他對崔涵薇一見鍾情，恨不得當場就贏得美女芳心，可惜他引以為傲的英俊和高大在崔涵薇眼中雖不能說是一文不值，至少她沒有因為他的帥氣就多看他一眼，讓他大有挫敗之感。

如果說崔涵薇對他的態度給他帶來的挫敗感還不算十分強烈的話——如果崔涵薇一開始就熱烈回應他的殷勤，反倒會讓他看輕了崔涵薇，男人都喜歡矜持的女孩，那樣會更加激發男人的征服欲——那麼後來賓士和祖縱的出現，才是真正讓他的自尊心遭受到強烈的衝擊。

祖縱口口聲聲說崔涵薇是他的妞，雖然祖縱其貌不揚，但是他背後的賓士GL立即讓葉十三深刻地感覺到自己的渺小，也深深地刺痛了他的心。那麼漂亮的一個女孩，他夢寐以求的夢中情人，居然有個奇醜無比的男朋友，就是因為對方有錢！難道說，有錢就真的可以擁有一切，就可以任性妄為？

葉十三知道自己要長相有長相，要身高有身高，要學歷有學歷，唯一的不足就是沒錢，但他還年輕，他以後可以賺很多很多錢。但是現在，他真的沒錢，別說可以買得起百萬以上的GL了，連一輛最普通的車都買不起，他只是個懷有夢想的窮小子。

他不服氣，是，他是沒有出生在有錢家庭，比富二代起點低了許多，但只要給他足夠的時間和機會，他一定可以超過他們，他相信自己的能力。

只是現在……有許多事情不等人，比如眼前的崔涵薇，比如因為有錢而囂張無比的祖縱。

誰也不知道，在和祖縱正面相遇的一刻，葉十三心中暗暗發誓，有朝一日，他一定要成為一個要風得風，要雨得雨的有錢人！一定！

正是基於對有錢人就可以擁有一切的仇富心理，葉十三在面對祖縱的挑釁時，心中驀然怒火沖天，有錢就了不起呀？我倒要看看你能有多了不起，不就是有錢嗎？不一樣被打我得屁滾尿流?!

和祖縱動手的時候，葉十三一邊打一邊大感解氣。

後來他被祖縱和崔涵柏圍攻，被打倒在地無力還手時，心裡仍想著：今天你們對我們的污辱，總有一天我會十倍百倍讓你們償還回來。打吧，打得越狠，到時你們就越後悔！

還好畢京出現救走了他，扶著他一路飛奔，一直跑出很遠才停了下來。等他知道畢京不但朝祖縱臉上踢了一腳，還扎破對方四個輪胎後，顧不得渾身的疼痛，他哈哈大笑，連誇畢京果真是他的好兄弟，一點也不吃虧。

只是接下來的事讓葉十三和畢京的心情再次跌到谷底——黃漢打電話來，說寧二被抓了。

如果寧二真的交代了全部實情，他們也擺脫不了干係。這下葉十三和畢京可是嚇得不輕。不過黃漢倒是很義氣，打消了他們的顧慮。

「畢哥、葉哥，你們就放心好了，他們抓寧二是因為搶劫手機的罪名，除此之外，寧二身上沒犯別的大事，也牽連不到你們。你們不用擔心，不過我得先跑路躲一段時間了，等風頭過了之後我再回來。畢哥、葉哥，青山不改，綠水長流，等我再回北京的時候，說不定比現在還威風，再會了。」

葉十三和畢京鬆了口氣，尤其是葉十三，在所有事情中都撇得一乾二淨，看來寧二被抓對他們並沒有什麼太大的影響。直到隔天的一通電話……

由於都是些皮外傷，除了沒臉見人之外，並不礙事。葉十三在家裡養了一天傷，就好得差不多了。第二天他剛到公司，就有電話打到公司找他。

「葉十三是吧？猜猜我是誰？」一個沙啞並帶有幾分陰冷的聲音。

葉十三一向不屑於玩猜謎一類的遊戲，直接掛斷了電話。

剛一掛斷，對方就又打了進來，破口大罵道：

「葉十三，你給老子聽好了，現在老子知道你在哪裡上班了。你給老子等著，別以為你惹了老子還可以好好地活著，告訴你，你麻煩大了。從現在開始，我會讓你沒有一天好日子過，對了，忘了告訴你，老子姓祖叫縱，人稱祖宗！」

葉十三頓時渾身冰涼，原來是他，原來是清純女的男朋友，原來他叫祖縱！他怎麼找到他的公司的？對了，他告訴女孩他的名字，一定是女孩告訴了祖縱，祖縱神通廣人，通過他的名字查到了公司。

葉十三跟隨馬朵從杭州來北京工作，他在北京無根無底，但面對祖縱的威脅，雖然心中有幾分不安，但天生天不怕地不怕的他，強硬回應了祖縱。

「不管你是祖宗還是孫子，儘管放馬過來，我要是怕你，我就是孫子；我不怕你，你才是孫子。」

雖然說了硬話，但在畢京知道之後，還是勸葉十三先躲一段時間為好，因為畢京打聽到了祖縱的來歷。

「祖縱是圈子裡有名的惡少，不但是花心大蘿蔔，還是無惡不作的流氓。聽說他爸很有勢力，名下有好幾家公司，黑白兩道都很吃得開，而且他的叔叔好像還是公安局的什麼頭頭，所以祖縱囂張了很多年，沒人敢惹。他能通過你的名字查到你的公司，說明他真的手眼通天。」

葉十三一聽，也隱隱怕了幾分，當即就向馬朵請假，說家裡有事，要回家幾天。馬朵並不知道葉十三到底遇到了什麼事，他剛來北京，前期工作千頭萬緒還沒有理順，現在正是和外經貿部的磨合階段，葉十三請假也無關大局，就准假了。

第四章

一筆勾銷

葉十三擦了擦嘴角的鮮血，冷冷道：「打得好，
既然你明目張膽地搶我的女朋友，商深，就別怪我支持畢京和你爭范衛衛了。
以前不管是你欠我的，還是我欠你的，
剛才的一拳，我們之間的恩恩怨怨就全部一筆勾銷了。」

畢京為葉十三找了一個偏僻的地方，租了間胡同裡的房子，安靜地躲了幾天。

幾天來，還真有人到公司以各種名義打聽葉十三的下落，結果公司上下沒有一個人知道葉十三人在哪裡，最後對方只好作罷。葉十三算是暫時逃過了一劫。

感覺一切風平浪靜了，葉十三和畢京認為應該沒事了，葉十三就又重新恢復上班。

上班之後，他才想起忘了告訴杜子清一聲他的下落，這幾天他腦中一直盤旋著崔涵薇的身影，一點兒也沒有想起杜子清的存在，讓他更加確信他對杜子清沒什麼感情。

經此一事，雖然受到了幾分驚嚇，也讓他深刻體會到祖縱強大的影響力，但葉十三卻沒有放棄對崔涵薇的幻想，反而要追到她的想法更為強烈。

如果說之前他喜歡崔涵薇只是單純的喜歡，是一見鍾情式的純情，那麼現在他對崔涵薇的感情中又多了一絲報復心理，他發誓他一定要追到崔涵薇，哪怕只是為了讓祖縱被他打敗，讓他看到祖縱一臉挫敗的表情，他也要讓崔涵薇成為他的戰利品。

他打電話給杜子清，卻被告知杜子清不在公司，去了哪裡不知道，他又打電話給杜子靜，杜子靜告訴他，妹妹去找商深了，他頓時一股無名火起，就算他不在意杜子清，不當杜子清是回事，卻無法忍受她去找商深。

更讓他想不到的是，等他和畢京來到商深的住處，推門一看，竟看到兩人抱在一起，儘管他相信以商深的人品和杜子清對他的癡迷，他們之間不會發生什麼，但他還是無法接受眼前的事實。

葉十三從回憶中回到現實，本以為商深會對他有所愧疚，不成想商深不但不愧疚，反倒理直氣壯，更是讓他不可抑制胸中的怒火，在祖縱身上所受的羞辱，以及如喪家之犬一樣躲藏的憋屈，讓他有一種想一拳把商深打倒在地，再狠狠踩上幾腳的衝動。

「你如果真的喜歡杜子清，可以和我明說，我看在十幾年的兄弟情分上，也許會心腸一軟拱手讓給你。可是你卻在背後挖我的牆角，為兄弟兩肋插刀？哈哈，你就是這樣在背後插我兩刀，是吧？」

商深出奇的平靜，淡淡說道：「十三，算算我們認識也有二十多年了，二十多年的情誼，我只有三句話，一，請你不要欺負杜子清，她值得你好好珍惜。二，請你不要再揮霍我們的友情，二十多年的交情也許只需要幾件事就可以全部歸零。三，請你珍惜自己，不要一次又一次地扔掉自己最寶貴的東西。」

「說完了？」葉十三冷笑，商深寸步不讓的態度讓他大感惱火，「商深，既然你死不悔改，好，那我也無話可說了，從此我們各走各的路。還有，杜子清既然被你抱過了，我就不要了，省得髒了我的手，送你好了。」

「你！」商深實在忍無可忍了，揚手一拳打在葉十三的臉上，「你無恥！你不是男人！」

杜子清在一旁已經哭得泣不成聲，聽了葉十三的話，更是心如死灰：「葉十三，你真不是東西！」說完，掩面奪門而出。

葉十三擦了擦嘴角的鮮血，冷冷道：「打得好，打我說明你心虛了。既然你明目張膽地搶我的女朋友，商深，就別怪我支持畢京和你爭范衛衛了。以前不管是你欠我的，還是我欠你的，剛才的一拳，我們之間的恩恩怨怨就全部一筆勾銷了。」

夕陽的餘暉照在地上，將地毯染成一片金黃，商深一臉沉靜，不知道是在深思，還是什麼也沒想。

葉十三和畢京走了半天，他一直坐著一動不動，既失望於葉十三的絕情，又傷心他和葉十三多年的兄弟情怎麼就會走到今天的地步？到底錯在哪裡？或者說，到底是誰的錯？

也許永遠不會有一個讓人滿意的答案，只是商深怎麼也想不明白，葉十三為什麼會變成這樣？葉十三為什麼如此恨他？葉十三乘機和他斷絕了關係，也和杜子清劃清了界限，難道說他的眼裡，所謂友情和愛情都可以輕易地拋棄，沒有一絲留戀？他什麼時候變得這樣絕情了？

不知過了多久，直到響起敲門聲，才驚醒了商深，他起身開門，門口站著一臉笑容的歷江。

「怎麼啦？」歷江看到商深眼中的淚花，驚訝道：「怎麼了，大男人還哭，是想家了還是想女朋友啦？」

商深笑了笑，一擦眼睛：「哪有！你看錯了，剛才只是打了個哈欠。」

「哈哈，好，哈欠，哈欠。」歷江也不多問，一拉商深的胳膊，「走，吃飯去，天大地大，吃飯事大。一飽解千愁，對吧？」

商深笑了，他還是第一次聽說一飽解千愁的說法。

「說好了，我請客。」

「誰請客並不重要，重要的是，和誰一起吃飯，吃什麼。」

歷江領著商深下樓，打開了他的警車車門，「來，上車，我帶你去一個好地方。」

商深長這麼大還是第一次坐警車，自嘲道：「沒想到我也有坐警車的一天，還好不是被押著坐警車。」

「哈哈，是不是坐警車感覺不太舒服？」歷江發動引擎，踩下油門，汽車轟然一聲衝了出去。

商深嚇了一跳，驚問：「歷哥，你平常開車都這麼猛？」

「怎麼，你是不是不習慣？我這個人不喜歡拐彎抹角，開車也一樣，一上車就是油門大開，絕不拖泥帶水。」

歷江很健談，一邊一路狂奔，接二連三地超車，一邊和商深聊著天。

「對了，我聽說八達來了一個電腦高手，十分厲害，八達公司許多解決不了的疑難雜症，只要他一出手，全部手到擒來。我也喜歡電腦，家裡也有一台，可惜我水準有限，總是搞不定。我老姐的兒子也是迷電腦迷得不行，可惜他們家電腦壞了，廠家來修了半天也沒有修好，現在還壞著呢，我的外甥天天嚷著要買新電腦，一台電腦好幾千，哪能說買就買，煩得我老姐天天頭大得要命……」

歷江說個不停，商深只管含蓄微笑，靜靜聆聽。

怎麼八達來了個電腦高手的事連歷江都知道了，傳得也太快了吧？這個電腦高手，不會說的就是他吧？不管是誰，裝不知道算了。這麼一想，他笑得更會意了。

「你說電腦高手怎麼這麼厲害，電腦這東西太複雜了，別說會修理，就是光用也能讓人頭暈。聽說電腦高手出馬，敲幾下鍵盤就能讓電腦乖乖聽話？真是服了，要是我，打死我也學不會。」

不多時到了地點，是一家火鍋店，不知道為什麼起了個很奇怪的名字——百砂出品重慶火鍋店。等上了火鍋之後，商深才恍然大悟，原來和別家火鍋不同的是，這家火鍋店的火鍋是砂鍋，怪不得叫百砂出品，敢情是指火鍋店的砂鍋有一百種不成？

商深不太擅長吃辣，歷江卻愛吃辣，就要了鴛鴦鍋。歷江也不問商深愛吃什麼，就自作主張點了一堆菜，點完了才想起什麼問道：「我點的你都愛吃吧？」

商深被歷江的直爽逗樂了，這樣性格的人好打交道，他哈哈一笑：「我也是北方人，沒什麼忌口，你愛吃什麼我就愛吃什麼。」

「我就覺得和你一見如故，我們肯定有很多共同點。來，兄弟，測試一下，旁邊桌子的三個小姐，你最喜歡哪一個？」

歷江嘻嘻一笑，擠眉弄眼地朝旁邊的桌子努了努嘴。

旁邊桌子上坐了三個女孩，一個穿七分褲，一個穿白花藍底裙子，一個穿牛仔褲，三個女孩各有千秋，雖不是一瞥驚豔的第一眼美女，也算是清秀耐看的類型。

商深看了幾眼鄰桌的女孩，視線在穿牛仔褲的女孩身上多停留了片刻，會心地笑了：「牛仔褲。」

「看，我就說我怎麼見你第一面時就覺得和你投緣，敢情咱們兄弟還真是連審美觀都一致，哈哈。」

歷江旁若無人地大笑，「七分褲稍胖了點，主要是腿粗。藍裙子稍瘦了點，腿型倒是不錯，就是胸小了點，倒是牛仔褲，不胖不瘦正好不說，腿長胸大，極品呀，哈哈。」

歷江說話的聲音稍微大了些，惹得周圍眾人紛紛側目，都對他投來不友好的目光，尤其是鄰桌的三個女孩聽到歷江的點評，更是對歷江怒目而視。

歷江渾不在意，還對三個女孩挑逗似地挑了挑眉毛，完全是一副無賴樣。商深有些哭笑不得，歷江是性情中人，不過也太張揚了，或許他的張揚之中，好玩和誇張的成分居多，並不存有什麼壞心眼，但也太不分場合了。

「歷哥，咱們低調點吧，都看咱們呢，別太出風頭了。」商深忙伸手在歷江的眼前晃了晃，防止歷江的眼睛在三個女孩的身上拔不出來，「別鬧得連飯都吃不安生，就得不償失了。」

「說得也是，兄弟，先吃飯，等吃飽喝足了，再去調戲小妞。」歷江嘿嘿一笑，不由分說開始埋頭苦幹起來。

「……」

商深無語，他可是好學生，從來沒有幹過調戲小妞的事，怎麼會交到歷江這樣的朋友，何況歷江還是警察?!對了，今天歷江雖然開了警車，卻沒穿警服，在外人看來，他就是個再普通不過的年輕小夥子。

也不能對警察太求全責備了，警察也是人，何況是年輕的警察，喜歡追逐異性，也是人之常情。

這麼一想，商深釋然了，見歷江一旦吃起東西來如風捲殘雲一般迅速，他趕緊下手，唯恐落後太多，沒東西可吃。

差不多吃飽了，歷江才又開始說話。

「有件事說來好笑，我們分局有個領導叫祖長，祖頭人不錯，很照顧手下。他有個侄子叫祖縱，祖縱你聽說過沒有？哎呀，我敢說北京城沒一半也得有三分之一的人知道他，當然，不是說他真是別人的祖宗別人才知道他，而是說祖縱這個人真拿自己當別人的祖宗看了，脾氣大到沒邊，十分霸道，誰都不敢惹。就連道上的許多混混見到他也得繞著道兒走，你說他有多囂張吧？」

商深饒有興趣地聽歷江講著。

「我以前不知道祖縱這個人到底有幾斤幾兩，後來遇到一件事，讓我對他有了直觀的認識。有一個慣犯叫二小，這小子調戲婦女，坑蒙拐騙，無惡不作，我早就想抓住他，但這小子太狡猾，跟泥鰍一樣滑不溜手，怎麼也抓不到。一天我正在所裡值班時，突然大搖大擺進來一個人，一屁股坐在我面前，對我說他要自首。我一看，竟然是二小。」

歷江講故事時眉飛色舞，加上他繪聲繪色的聲調，令商深聽得入了迷。

「我當時十分納悶，二小這樣一個慣犯也會自首，真是太陽打西邊出來了?!結果二小不等我問他為什麼，自己就一把鼻涕一把淚地主動交代了，說他得罪了祖縱，混不下去了，如果不自首就沒活路了。哭得那個傷心呀，比死了爹還傷心，我心想：不怕警察倒怕祖縱，這個人是有三頭六臂還是有七姑八婆，能嚇得二小放著外面逍遙的日子不過，寧可躲進警察局，這個祖縱也太神了吧？

原來二小因為調戲了祖縱看上的一個女人而被祖縱下了封殺令，下令不管是黑道白道，誰也不許給二小活路，結果二小無奈之下只好自首。不過我對祖縱一直是只聞其名不見其人，自從二小的事之後，我就再也沒有聽過有關祖縱的消息，以為他已經改邪歸正了，誰知道就在幾天前，祖縱竟出現在我們所裡。」

歷江一臉誇張的表情，好像祖縱是什麼不得了的大人物還是什麼超級巨星一樣。

「我見到祖縱的第一眼，立時驚呆加納悶了，名字這麼響亮，人長得怎麼這麼抱歉呢？不說跟麻桿一樣的身材，就是一臉的坑疤就足以讓人目瞪口呆了，這就是傳說中的祖縱？不會吧，我以為有多高大英俊呢，哪怕不高大英俊，至少也要比我長得威猛才行，誰知道原來這麼個德性。」

商深忍住笑，歷江很有說相聲的天賦，不但表情豐富，而且配合變化不斷的手勢，讓人有身臨其境的感覺。

「祖縱來到所裡後，直接找到我，問我是不是對轄區內的情況瞭若指掌，我拍著胸脯說：那還用說，雖然我來所裡才兩年多，但轄區內每家每戶的外來人口和流動人口都十分熟悉，祖縱一聽可樂了，拍著我的肩膀說，小曆呀，幫我找一個人，如果找到了，你就是我朋友；如果找不到，你就離我遠點兒。我一聽是找人，二話不說就答應了，別的不敢保證，找人我最在行了。」

「祖縱說他只有名字，大概知道長相、年齡和身高，但不知道來歷和公司，我打包票說有這些就夠了，不出三天，保證把他的祖宗十八代都打探清楚。祖縱很高興，說他就喜歡這樣的人，回頭要讓他叔好好提拔提拔我。說心裡話，我相信頭兒才不會因為侄子的話去提拔一個人，誰都知道頭兒是一個很講原則的人，但好聽話誰都愛聽，何況祖縱名氣很大，又等於幫過我一個忙——二小自首算成了我的功勞，找人又不是什麼大不了的難事，我就高興地接了下來。」

「別說，祖縱讓我找的人還真好找，別說三天，不出三個小時我就幫他找到了。那人在外經貿部的電子商務資訊中心工作，是從杭州來的，不是當地人。他因為和祖縱搶女朋友得罪了祖縱，還和祖縱大打一架，惹得祖縱大怒，非要給他開個染房，讓他有點顏色看看……」

商深越聽越不對，外經貿部？電子商務？杭州？驀然一驚：「那個人叫什麼名字？」

「葉十三。正是因為這小子的名字起得怪，所以才好找。如果他叫王小明一類的菜市場名，我還真得費番功夫才能找到。這小子也是，起什麼名字不好，非起這樣的一個怪名。」

歷江見商深表情不太對，頓了頓，「怎麼了兄弟，你認識葉十三？」

何止認識，簡直是太認識了！商深不知道是該同情葉十三還是該鄙視他，怎麼會惹到混世魔王祖縱了?!還是因為和祖縱搶女朋友！明明是有女朋友的人，怎麼能腳踏兩條船？退一萬步講，就算想腳踏兩條船也要長長眼，居然敢碰祖縱的女朋友，真是自討苦吃。

「算是認識吧……」商深不想細說他和葉十三的事，趕緊追問道：「後來呢？」

「後來祖縱到公司去找葉十三，葉十三事先聽到風聲，躲了起來，祖縱沒有找到他。祖縱可能是氣消了，也可能是事情忙，便不再追究了。」

歷江想起了什麼，又嘿嘿地說道：「你還不知道吧？祖縱新交的女朋友是誰？你肯定想不到，祖縱有個外號，人稱『祖一夜』，是說他交女朋友只過一夜就甩掉了，即使名聲這麼臭，還是有許多女生飛蛾撲火一樣投懷送抱，圖的是什麼？一是祖縱有錢，二是祖縱自稱認識許多娛樂圈裡的大腕，可以讓一些抱有明星夢的女孩上鏡出名。不過我怎麼也沒有想到，崔家大小姐也是那種愛慕虛榮的女孩……」

「崔家大小姐？」

商深很好奇到底是什麼樣的女孩讓葉十三鬼迷心竅，不顧後果也要去和混世魔王祖縱搶。

「崔家大小姐是東城崔家崔明哲的掌上明珠，東城富、西城貴，窮崇文、破宣武……這句順口溜你聽說過沒有？是說北京城四大城區，東城最富，西城最貴，當然了，現在不比以前啦，一些說法不管用了，但東城確實有許多富人是事實，東城的富人中，有一個不是最有錢，但是最有名的富人叫崔明哲。為什麼說他不是最有錢卻是最有名呢？這背後有一個故事……」

歷江說話的工夫，又喝了口酒。

「崔明哲發家的經過頗有傳奇色彩，當年他祖上傳下一個四合院，和他青梅竹馬的初戀情人蘇達水便也繼承了一個四合院。當時蘇達水一心想賣掉四合院出國，希望崔明哲和她一起。在八十年代初期，一個四合院可以賣三十萬，以當時來說已經是一筆鉅款了，但崔明哲猶豫再三，他更看好未來國內的發展，拒絕了蘇達水的提議，留在了國內，同時湊了一筆錢，買下蘇達水的四合院。蘇達水離開了初戀情人遠走高飛，自己去大洋彼岸追求所謂的自由和幸福去了。

「但不用多久，蘇達水就後悔了，因為就在她走後不久，四合院的價格開始猛漲，從幾十萬一套翻了數十倍，到現在的上千萬一套，懷揣三十萬出國的她，經過十年拼搏，手中的財富增加了十倍，但和增長了幾十倍的房價相比，還是落差太大。蘇達水得知真相後，痛不欲生，後悔自己怎麼那麼沒眼光，非要一心出國。結果倒好，費了九牛二虎之力，不但付出所有，傷痕累累，卻還不如坐在家裡喝茶看報坐等房價上漲，人生際遇，只因一念之差便是天淵之別！

「她就想以現在的市價收回崔明哲手中原本屬於她的四合院，她以為，憑藉她和崔明哲曾經的感情，崔明哲會以市價賣給她，不料崔明哲果斷地拒絕了她，讓她在痛恨崔明哲絕情的同時，又看清了另外一個事實——不管是看人的眼光還是投資的眼光，和崔明哲相比，她都差了許多。

「許多人以為崔明哲會賣掉手中的兩套四合院，沒想到崔明哲不但沒有賣出，反而裝修一番，改造成私人會館，以收取高額的會費用來維持日常運轉。不少人好奇地問道：他會什麼時候才放手，難道房價會一直漲下去？崔明哲神秘地一笑，伸出五根手指翻了一翻說道：『至少十年之內我不會賣。』許多人都覺得崔明哲瘋了，難道再過十年房子還能漲到一億不成？別做夢了！但不管別人怎麼議論，崔明哲就是緊緊抓住手中的兩套四合院，不但如此，他還四處買進新的樓盤，高峰時，手中曾經擁有幾十套房子。

「目光犀利、出手極準的崔明哲，在短短幾年時間內，就利用房價的升值賺到上億資金。靠著上億資金，崔明哲通過運作拿到地皮，成立了崔氏房地產有限公司，以他多年從事房地產操盤所積累的經驗，只要是他推出的房子，很快就銷售一空，崔明哲的個人資產迅速突破了十億。

「正當所有人以為崔明哲會進一步鞏固其在北京房地產業的龍頭地位時，崔明哲卻突然九十度轉彎，不再全力投身到蒸蒸日上的房地產事業，而是拿出大半精力轉行進軍ＩＴ行業了。有些人惋惜崔明哲的選擇是自取滅亡，有些人認為他昏了頭，誰也猜不透崔明哲的心思，跟不上他的思路。

「崔明哲有一對龍鳳胎的兒女也繼承了他的性格，非常優秀，從小到大上的都是名校，成績優異，每年都拿到獎學金，出國留學也被多家名校爭取，十分出類拔萃。畢業後，他們合夥創辦了一家公司。在沒有崔明哲資金和管道的幫助下，短短時間內就打開了市場，並且在業內有一定的影響力，更令人不得不讚嘆崔明哲教子有方。

「由於兒子比女兒早出生幾個小時，就被稱為崔大少爺，女兒則被人稱為崔大小姐。如果放到別人身上，這樣的稱呼或許有調侃的意味，但用在他們身上，卻是名符其實的尊稱。……」

商深越聽越迷惑，崔大小姐也就算了，她還有個雙胞胎哥哥，不會真這麼巧吧？他隱隱猜到是誰了。

「崔家大小姐是叫崔……」

話還沒說完，卻見歷江突然站了起來，衝他曖昧地笑了笑，起身朝鄰桌走了過去。

鄰桌原本是三個女孩，不知何時又多了一人，多出的女孩上身是件簡單的T恤，下身穿著一條牛仔褲，腳上是一雙運動鞋，容貌和氣質都十分出眾。歷江要搭訕人家？

商深還沒有來得及叫住歷江，歷江已經靦著臉湊了過去。

他來到女孩身旁，朝女孩伸出了油膩的右手：「你好美女，我叫歷江，很想認識你，你叫什麼名字？告訴我，我請你喝酒。」

女孩無比厭惡地看了歷江一眼，雙手插在牛仔褲裡，一臉厭煩之色：「請你走開！」

「為什麼要走開？」

歷江向來臉皮厚得無與倫比，不知道什麼叫被拒絕，他嬉皮笑臉地搓了搓手，不放棄地道：「美女，長得美是上天的垂愛，既然得到了上天的垂愛，就應該和世人分享，不要珍藏你的美，來，拿來讓我陶醉。」

商深差點沒將口中的水噴出來，他還以為歷江只會說故事，沒想到泡妞也大有情趣，而且出口成章，讓他詫異之餘又為歷江的油嘴滑舌叫好。

女孩讓開一步，冷冷地打量了歷江一眼：「你再鬧個沒完的話，我就報警了。」

「報警？不好意思，我就是警察。」歷江哈哈一笑，拿出證件在女孩面前晃了晃，「警察也是人，也有追求美女的權利，請給我一個機會好嗎？」

女孩愣住，一時有些不知所措，目光一掃，落在商深身上，臉色大變：「商深，怎麼是你？他是你朋友？」

商深不好意思地抓了抓頭，尷尬點頭道：「不好意思，你別介意啊，他喝多了。」

「什麼，兄弟，你認識她？怎麼不早說，差點大水沖了龍王廟。」歷江剛才一臉醉熏熏的樣子，立馬就恢復了清醒，朝女孩說道：「不好意思，不知道你和商深認識，剛才我的話都是醉話，你別往心裡去。」

女孩「哼」了一聲，不理歷江，她豈會看不出來歷江根本就是裝醉，轉身對商深說：「看一個的品味，就看他交什麼朋友，商深，上次你是騙子，這次你是流氓。請你自重！我希望你和你的酒鬼朋友馬上離開，我不想再見到你！」

商深一頭霧水：「怎麼了我？」

崔涵薇的話怎麼聽上去似乎他和她有多熟一樣，他和她不過才有一面之緣，好吧，算上這次也才兩次，她有必要對他的反應這麼激烈嗎？

上次搶座事件，他給崔涵薇留下了不好的印象，問題是，崔涵薇也沒給他留下什麼好印象，除了蠻不講理就是高傲冷漠。聽了歷江所說，崔涵薇居然是祖一夜的女朋友，讓他對她的印象更加惡劣了幾分。

「我也沒想再見到你呀，崔大小姐。」商深呵呵地笑了，一推歷江，「我的朋友是被你的長相迷惑了，因為他只看到你漂亮的外表，卻不知道你虛偽的內心，毒花最美，烈酒最香，他被你吸引也可以理解。如果讓他知道了你是誰，說什麼也不會湊過來搭訕，會躲得遠遠的。」

歷江被崔涵薇和商深的對話弄得暈頭轉向，用力抓了抓頭：「兄弟，她到底是誰呀？你們在說什麼，我怎麼聽不明白？」

聽不明白就對了，商深想起和崔涵薇在肯德基的相遇和衝突，想起因為她葉十三被祖縱滿城追打，也是因為她，歷江酒壯色人膽上前調戲，真沒想到，一次偶遇之後，他和崔涵薇竟然會有這麼多的糾葛。

「她就是你剛才說的崔大小姐，崔涵薇！」商深意味深長地說：「曆哥，連祖縱的女朋友你也敢調戲，是不是嫌祖縱對你不夠特別照顧啊？」

「啊！」歷江大吃一驚，嘴巴張大到塞下一個雞蛋都沒有問題。他後退三步，上下打量了崔涵薇三眼，嚇得趕忙道歉說：「看走眼了，差點動了祖縱的逆鱗，失手，失手。不對，妹子，失禮，失禮，我先走，你們繼續。」

話一說完，一溜煙就跑得無影無蹤了。

和崔涵薇同桌的三個女孩，被歷江誇張的表演逗樂了，三人相視一眼，一起大笑，笑得前仰後合。

「你才虛偽！」崔涵薇被商深氣壞了，虛偽、毒花雖然不是多髒的詞語，卻讓她感覺如萬箭穿心一般難受。

「商深，你必須向我道歉。」

「憑什麼？」商深輕蔑地笑了笑，「就憑你是祖縱的女朋友？就算你是祖縱的女朋友又怎樣，我對你既沒有想法，又沒有調戲你，憑什麼向你道歉？上次在肯德基，你先搶座又買座，無禮在先，傲慢在後，今天一見面就罵我是騙子是流氓，又是無禮在先，我不要求你道歉就不錯了。」

本來上次和崔氏兄妹和平解決了搶座爭端之後，他對崔涵薇的高傲改變了幾分看法，覺得她也是個不錯的女孩。不想和歷江聊天，說著說著就從葉十三又牽出了祖縱，更讓他震驚的是，崔涵薇居然是惡少祖縱的女朋友。

商深雖然對富二代官二代沒有太多的偏見，也知道富二代和官二代中，紈褲子弟畢竟還是少數，祖縱更是少數中的少數，但偏偏少數中的少數就讓崔涵薇選中了，他對崔涵薇的印象立即一落千丈。

偏偏無巧不巧和崔涵薇又不期而遇，莫明被崔涵薇罵成騙子和流氓，商

深生氣了，在他的眼中，崔涵薇就是個傲慢無禮、愛慕虛榮又無理取鬧的壞女孩。

崔涵薇先是一愣，隨後臉漲得通紅，百般委屈，千種不甘一時湧上心頭，再也無法矜持，伏在桌上子嚶嚶地哭了起來。

原來他以為她是祖縱的女朋友？原來在他的心中，她是個傲慢無禮的壞女孩，原來她對他的好感和思念都所托非人！

自從上次一見，也不知道為什麼，崔涵薇的腦海中總是不時浮現出商深的影子，商深的機智和風趣，英俊帥氣和談吐，以及商深和她關於未來互聯網一定會興盛的相同看法等等，在在讓她難以忘懷。

還有范衛衛。她總是覺得范衛衛和商深在一起很不配，范衛衛不管是氣質還是見解，都不符合商深溫文爾雅的風範，如果是她站在商深身邊，會更有郎才女貌的感覺。

崔涵薇心想，如果有機會再和商深見面的話，她一定要表現出她最好的一面，讓商深記住她的優秀、她的與眾不同，可惜她再也沒有見過商深，也沒有留下商深的聯繫方式，或許從此人生隔山嶽，世事兩茫茫了。

沒想到竟是在這種她完全沒有心理準備的情況下重逢。和她設想中的無數種巧遇完全不一樣，商深居然和調戲她的酒鬼是朋友，商深的形象在她的心中崩塌瓦解，她才知道想像和現實原來真的有巨大的落差，原來她想像中的商深不是真實的商深，而她賦予商深所有的美好感覺，只是錯覺罷了。正是因為和她期待的落差太大，所以她才會對商深說他是騙子，是流氓。

商深的反擊更是讓她傷心難過，尤其是商深認為她是祖縱的女朋友，讓她的自尊受到了巨大的傷害，她又不屑於向商深解釋什麼，心理上的落差、失望再加上被誤會的委屈，讓她只想大哭一場。

崔涵薇的心思百轉千迴，輾轉反側，商深又怎能知道？他見才一個回合下來，崔涵薇就被他打得落花流水，隱隱沾沾自喜，有一種勝利的快感。

在商深的潛意識裡，雖然葉十三在背後做了許多針對他的事，但他和葉十三十幾年的兄弟情分不可能說斷就斷，說沒有就沒有，所以在聽到葉十三因為追求崔涵薇而被祖縱追打得如同喪家之犬，他還是很同情葉十三的遭遇，並且痛恨祖縱仗勢欺人的行為，連帶對崔涵薇也有了成見和恨意。

與崔涵薇同行的三個女孩一直在袖手旁觀，見崔涵薇哭得梨花帶雨可不幹了，要為崔涵薇討還公道，一人挺身而出，正是被歷江和商深同時點評的牛仔褲女孩。

牛仔褲女孩中長頭髮，衣著簡單而普通，一張巴掌大的小臉上，五官十分端正，最好看的還是她小巧而堅挺的鼻子，以及一雙大而有神並且光亮有神的眼睛。當然了，腿長胸大的評價也確實符合她的身材。

有些女孩，美在臉蛋，身材卻是一般；也有些女孩，長相一般，身材卻極好。長得漂亮同時又身材極好的女孩，就算是一等一的美女了。

牛仔褲女孩雙手插進褲兜，站在商深的面前，輕輕哼了一聲：「喂，你怎麼回事，幹嘛氣哭我們涵薇？快向涵薇道歉。」

第五章

歷史時刻

開機鍵一經按下就點亮了，隨後螢幕也亮了，然後出現了熟悉的開機畫面。
眾人都屏住了呼吸，緊盯著電腦螢幕，眼睛都不敢閉上一下，
似乎整個飯店的客人都被一台電腦的命運吸引了，
期待歷史時刻的來臨。

「我氣哭她？是她先挑事的好不好？我只不過是正常還擊。」商深很有禮貌地說：「雙方交手，有勝有負很正常，她敗了，可以哭。我敗了，是不是也可以哭，然後要求你們道歉？」

女孩伸出一根手指在商深面前晃了晃：「身為男人，向女孩子低個頭道個歉，只會顯得你更有風度，而不會有損你的任何形象。反倒是見到女孩子在自己面前哭得非常傷心還無動於衷的人，只會顯得無情無義，襯托不出你的任何優點。」

這話也對，商深覺得牛仔褲女孩的話挺有道理，就算是崔涵薇理虧，但她畢竟是女孩子，他大度些退讓一步也沒什麼不對，就點頭說道：「好，你告訴我你叫什麼，我就向崔涵薇道歉。」

「徐一莫。」女孩沒有絲毫猶豫，大方地說出了自己的名字，「清風徐來，一往情深，莫名其妙，各取一字就是我的名字了。」

「應該是徐徐圖之，一朝一夕，莫衷一是，各取一字才對。」商深調侃道。

「胡說八道。」徐一莫美目圓睜，笑罵：「我的名字要你胡亂解釋？徐一莫就是在一個清風徐來的下午，遇到了一個一往情深的人，最後卻又莫名其妙的分手的故事。對了，你叫商深是吧？好難聽的名字，是不是你小時候愛生氣，你爸媽為了讓你記住氣大傷身，所以為你起了這個名字？」

「……」

商深有些無言，從小到大，還是第一次聽到有人對他的名字有如此解讀的，他索性不理徐一莫，來到崔涵薇身邊，輕輕拍了拍她的肩膀，安慰道：「別哭了，剛才是我不對，對不起。氣大傷身，哭多了也傷身。」

崔涵薇雖然在哭，卻一直支著耳朵在聽商深和徐一莫的對話，聽商深這麼一說，忍不住「噗哧」笑了。

笑過之後覺得不對，忙又板起了臉：「要你管，要你關心？怎麼不管你的酒鬼朋友了？趕緊去呀？快走，我不想和你說話。」

商深還沒再開口說什麼，徐一莫朝他眨眨眼睛笑了笑：「女孩子都是口是心非，她說不想和你說話，其實是想你多說幾句話讓她開心的意思。」

商深撓了撓頭，一臉靦腆：「涵薇，徐一莫說的是不是真的？」

笨死了！崔涵薇心裡暗罵一句，一時氣極，伸手一推商深：

「走開！煩人！」

商深以為女孩都如范衛衛一樣善解人意，卻不知道也有喜怒無常的女孩，比如崔涵薇就是——他沒防備被崔涵薇推在肚子上，身子一晃就朝後仰。後面站著的正是徐一莫。

崔涵薇力氣並不大，主要是也是湊巧了，商深朝後一仰的時候，腳下被椅子腿一絆，就失去了平衡，手下意識朝後面一伸，想尋找支撐點，卻抓住了徐一莫的手。

抓住徐一莫的手還不算，商深後倒之勢繼續，帶動了徐一莫。徐一莫身子一錯，雙手一分，抱住了商深的腰，然後商深就以一個後仰的姿勢一手抓住徐一莫的手，一手攬住徐一莫的腰，被徐一莫半抱在懷中，和徐一莫深情對視。

不對，不是深情對視，而是正常的對視。

「哇，好浪漫呀。」另外兩個女孩一起鼓掌叫好。

崔涵薇一行一共四人，她和藍裙女孩並排，徐一莫和七分褲女孩並排。在徐一莫和商深對峙而她伏案哭泣的時候，她旁邊的藍裙女孩拉著她的胳膊在輕聲勸她。

藍裙女孩圓臉大眼短髮，齊耳短髮配對開的短袖上衣，再配上藍底白花的長裙，很有知青的味道，四人之中，她是最安靜的一個，也是最用功的一個，桌子上還放著一台筆電。

在勸崔涵薇的時候，藍裙女孩的電腦並沒有合上。在商深被崔涵薇推了一把、險些摔倒卻被徐一莫救下之時，她站了起來，鼓掌叫好，電腦依然是打開著的，然後就發生了一件讓她無比痛心的事。

崔涵薇推了商深，沒想到反而促成商深和徐一莫的浪漫一抱，她不知為何心中突然無比煩亂，兩人的一抱刺痛了她的眼睛，她伸手拿過水杯，一口氣喝了半杯，然後將杯子重重地一放，氣鼓鼓地說道：「吃好了，買單！」

不想她放杯子的時候用力過猛，杯子裡剩餘的一半水猛然濺了出來，一大半落在了鍵盤上。

雖然藍裙女孩的電腦是ＩＢＭ筆電，具有防水鍵盤，但嚴格意義上講，防水鍵盤只是防濺水而不是防潑水，由於水過多的原因，正在開機狀態的電腦瞬間黑掉。

「哎呀，不好。」藍裙女孩驚呼一聲，再也顧不上鼓掌，急忙低頭去檢查自己的電腦。

崔涵薇也是嚇得花容失色，一台筆記型電腦一萬多，但問題不是電腦本身的價值，而是電腦中的文件無法用金錢衡量——藍襪是設計師，電腦中有她數年來的全部設計作品，如果因為她的失誤而導致藍襪的設計作品毀於一旦，她將無法心安！

藍襪——藍裙女孩名叫藍襪，也喜歡各種藍色——她見電腦黑掉了，情急之下，伸手要去按下開機鍵，手還在半空，卻聽到耳邊傳來一聲果斷的命令：「不要動！」

藍襪的手落在開關鍵上停下了，抬頭看了商深一眼：「你說什麼？」

商深二話不說衝了過來，伸手拿過電腦，翻轉過來，讓鍵盤上的水流出，然後又動作迅捷地拿掉電池。

「鍵盤進水的情況下，千萬不要強行開機，一開機就有可能燒壞主機板，主機板一旦壞掉，電腦就報銷了。」商深一邊說，一邊掃了四個女孩一眼，「你們誰有手絹？」

「我有濕巾。」徐一莫拿出一包濕巾遞了過來。

「不要濕巾，要乾的手帕，純棉的最好。」

商深忽然感覺腿上有微微的癢意，低頭一看，是藍襪的裙擺擺動，蹭在他的腿上，事不宜遲，看幾個女孩應該都沒有手帕，他索性彎腰拿起藍襪的裙擺，擦起了電池上的水漬。

「你！」

商深一拉裙擺，藍襪的長裙被掀了起來，露出裡面白皙的大腿，藍襪嬌羞無限，想要拉回裙子，卻見商深目不斜視，只顧幫她認真地處理電腦，她知道商深是出於好意，只好強忍著羞意，低頭不語。

「流氓！」崔涵薇低聲說了句，瞪了商深一眼，卻見商深理也不理她，不由又氣又急，「喂，商深，你不要借機占便宜好不好？你是真會修電腦還是故弄玄虛？」

商深擦乾電池上的水漬，又擦了擦電池槽裡的水，然後才放下藍襪的裙擺，歉意地道：「不好意思。」說完，拿起桌子上的紙巾，細心地吸乾鍵盤縫隙裡面殘留的水。

「我和你說話呢，商深，你怎麼不理人？」崔涵薇對商深的態度很是不滿，伸手一拉商深，「萬一電腦沒事，讓你一弄反而壞了怎麼辦？你賠得起嗎？」

商深一下火了，扔了手中的紙巾：「你做的錯事，你自己收拾殘局，我何必多管閒事。」

「我也懂電腦，別以為全世界就你一個人懂。」

崔涵薇被商深的態度徹底激怒了，推開商深，拿起電腦裝上了電池，然後按下了開機鍵，「根本就沒事，非要弄得好像多大的事一樣，醫之好治不病以為功，你純粹就是嚇唬人……啊！」

話未說完，電腦突然電光一閃，螢幕閃了幾下就又黑了。

「完了完了，這下真完了，涵薇，你賠我十年的心血呀。」

藍襪抱著電腦的屍身，想死的心都有了，眼淚汪汪地說：「剛才還好好的，你幹嘛非要開機啊？我的設計作品全在裡面，你小手輕輕一按就全部灰飛煙滅了，我殺了你，你都不屈。」

崔涵薇現在知道錯了，低下頭看腳尖：「對不起，藍襪，我剛才是一時心急，覺得應該沒事了，主要也是商深太氣人了，他……」

「雖然他有點流氓，但他剛才的處理方法是正確的……」藍襪臉紅了一紅，雙手抱著電腦，可憐巴巴地對商深說道，「商深，不，商大哥，您能不能再幫我看看還能不能搶救回來？」

商深搖搖頭：「剛才還有一口氣在，崔涵薇手一動，就徹底死了，沒救了，對不起，我也沒辦法。」

「哼，笨就是笨，別找理由。」

崔涵薇覺得商深是故弄玄虛，於是想用激將法刺激商深，一是回報在肯德基被商深擺了一道的一箭之仇，二是有意讓商深出醜。

「剛才要是你修好了，顯不出你的本事。現在徹底壞了，你如果能修好，才算真正的電腦高手。」

「商深，你到底懂不懂電腦？能不能修好啊？」徐一莫一拍商深的後背，也加入戰局說道：「能就是能，不能就是不能，別不懂裝懂！給句痛快話，能修好，不會虧待你的；不能修好，也沒人怪你。」

商深故意撓撓頭，假裝為難地說道：「如果用力修使勁修，也許能修好，但要有動力才行，誰也不願意無償勞動不是？」

「切！」崔涵薇嗤之以鼻，冷笑道：「說來說去，不就是想要錢嗎？說吧，要多少？」

「五千……」商深拉長了聲調，嘻嘻一笑。

「你怎麼不去搶銀行算了？」崔涵薇怒了，擺擺手道：「請便吧，對不起，我不和趁火打劫的人打交道。」

「五千塊真能修好？」

藍襪動心了，她拉住商深的手，搖晃幾下，哀求道：「求求你了商哥哥，幫幫我吧，十年的心血呀，包含了數不清的不眠之夜和無數次拒絕約會為代價的付出，還有數以億計的腦細胞的犧牲……那個，我只有三千塊，三千塊行不行？」

「別上當，他修不好的。」崔涵薇不想讓商深得逞，向前一步站在商深和藍襪的中間，「商深，能不能請你離開？」

商深不動聲色地看了看手腕上的表，淡淡一笑：

「還有十五分鐘時間。十分鐘後，裡面的水會滲透主機板，然後主機板燒毀，再五分鐘後，水會浸入硬碟，硬碟損毀。硬碟一旦損毀，別說是我，就是上帝來了也沒有辦法恢復裡面的資料了。所以現在最好馬上拿下電池，也許還可以再搶救一下。」

「啊……」藍襪大驚失色，忙取下電池，「好吧，五千塊就五千塊，我同意。可是我身上沒這麼多錢，先欠著行不行？」

「可以，」商深挑釁的目光看了崔涵薇一眼，「不過我有一個條件，就是崔涵薇必須在欠條上簽名。」

「憑什麼？」崔涵薇剛想反駁商深幾句，卻被商深的一句話頂了回去。

「就憑你是始作俑者！」

「好姐姐，你就簽個名又怎樣嘛？」藍襪急得不行，又去哀求崔涵薇，

「你和商哥哥生氣沒問題，可是別拿我的電腦當犧牲品。我都不要你賠錢了，只要你簽名行不行。」

崔涵薇莫可奈何，只好拿出一張紙，刷刷寫了幾筆，然後簽上自己的名字，交給商深：「行了吧，滿意了吧？趕緊修好電腦。」

「今欠商深電腦維修費用五千元整，以後有錢就還，沒錢就算。崔涵薇立字。」

看著崔涵薇寫的字據，商深哈哈一笑，也沒計較崔涵薇的字據其實留了伏筆，當即接過藍襪手中的電腦，放在桌上，開始指揮崔涵薇幹活：

「崔涵薇，把桌子清理一下。對，騰出地方。還有，拿餐布鋪上，把所有的水杯都拿開。哎，你坐遠點兒，別擋住我的光……」

崔涵薇被商深指揮得團團轉，氣得咬牙切齒，卻又沒有辦法，心裡恨恨地想：商深，你以後別落在我的手裡，否則我非讓你後悔今天的事。

「誰有瑞士刀？」商深需要打開電腦後蓋，卻沒有工具。

「我有。」崔涵薇從包中翻出一把小巧的瑞士刀，「行嗎？」

「可以。」商深接過，轉開電腦蓋上的螺絲，然後又問，「誰有髮夾借

用一下？」

「我有，我有。」

一直沒說話的七分褲女孩高高舉起右手，像是很榮幸被老師點名的高中女生一樣，歡快地摘下頭上的髮夾，遞到商深手裡。

「哇，你真的會修電腦，太棒了，好厲害，太了不起了。」

四個女孩，如果說崔涵薇最傲慢，藍襪最淑女，徐一莫身材最好的話，那麼七分褲女孩則是最文靜的一個，她一直坐在角落裡一言不發，不時地看向幾人幾眼，就算再好奇再有興趣，也不加入幾人的爭論。

等見到商深動作熟練地打開電腦後蓋，她終於按捺不住叫了起來。

當時，電腦對大多數人來說是奢侈品，許多人連電腦都沒有見過，更不用說電腦裡面的東西了。在她眼中，可以把神秘莫測的電腦玩弄於股掌之間的商深，無疑是她見過最厲害的電腦高手！商深專注的神情充滿了男性魅力，讓她不禁怦然心動。

商深接過髮夾，朝她點頭一笑：「謝謝。」

「不客氣。」七分褲女孩燦然一笑，「我叫衛辛。」

衛辛的笑容淡然如菊，清淡如茶，她和藍襪的圓臉不同，也不同於崔涵薇的鵝蛋臉型，是標準的瓜子臉，上寬下窄，寬寬的額頭顯得很有福氣，而尖尖的下巴又別有風情，尤其是櫻桃小口，紅潤喜人。雖不是博人眼珠的第一眼美女，但懂得欣賞的人會喜歡她這樣的類型，文靜如茶花，可以相守相期。

「你好衛辛。」商深很有禮貌地問了一句好，然後埋頭幹活，衛辛則甜甜地一笑，笑容宛如茶花盛開，美不勝收。

「能不能先幹活再泡妞？」崔涵薇推了商深一把，很是不滿地說道，「萬一你一分心弄壞了電腦，你賠得起嗎？」

以商深目前的實力是賠不起一台電腦，他呵呵一笑：「又不是我弄壞的，幹嘛讓我賠？我是在替你善後好不好？我修好了，是替你挽回損失；我修不好，應該你賠藍襪電腦。我是幫忙你，你不但沒有一點感激之心，還冷嘲熱諷外加添亂，崔涵薇，你有點起碼的待人接物的禮貌好嗎？」

「你……」

崔涵薇被商深說得啞口無言，翻了個白眼，說不出話來。

「行了，別愣著了，快幫忙。」商深打開電腦蓋，讓崔涵薇扶住電腦螢幕，「不要鬆手，我數到三再鬆開，一、三。」

崔涵薇還在等商深數二，不料商深直接跳到了三，她愣了一下：

「二呢？」

「送你了。」商深壞笑。

「你才二（編按：大陸流行用語，形容一個人頭腦簡單，行為愚蠢。）」

崔涵薇意識到商深變著法子罵她，白了商深一眼，「果然有流氓素質。」

商深沒再理她，分離了鍵盤和螢幕之後，電腦很快就被他大卸八塊了。

在大部分人眼中高不可攀的筆記型電腦被分解成一堆零件，頓時吸引了眾人的目光。不多時，商深周圍就圍了一群就餐的客人，就連飯店老闆也按捺不住好奇心，顧不上做生意，跑上前來觀看。

當眾人看到被拆解成一堆零件的筆記型電腦，居然是被一個小夥子用一把瑞士軍刀完成的壯舉，都更對商深敬佩不已了，不少人議論紛紛，對商深的行為大加點評。

「看不出來，小夥子不戴眼鏡也是電腦高手。」

「電腦高手和戴不戴眼鏡有關係嗎？」

「不是所有的高手都用一副眼鏡來表示自己的學識淵博嗎？」

「這人也太年輕了，能行嗎？別是為了泡妞故意逗幾個女孩子玩，萬一最後拆了裝不回去，可就丟人丟大了。」

「我看也是，你看這一堆電腦零件，看著都眼花繚亂，能裝回去才怪。就憑他的年紀，也不可能是電腦高手，這台電腦多半要報廢了。」

「你們別吃不著葡萄說葡萄酸好不好？你們是沒看到剛才他拆電腦時的手法，三下五除下就拆開了，一看就是高手。」

「行了，別吵了，看下去不就知道了。」

對於外界的爭吵，商深一概不理，他只專注於他需要專注的事。幸好電腦的主機板沒有燒壞，只有一個線路斷了，他抬頭問道：「請問哪位是飯店老闆？」

「我是。」

一個矮胖的中年男人站了出來，呵呵地笑道：「需要幫忙嗎？」

「有沒有熱風槍？」

「有。」飯店老闆忙吩咐服務員取了熱風槍，親自遞到商深手裡，「小夥子，一會兒能不能幫我一個忙？」

商深沒有多想，說了一個「好」字，就又埋頭幹活了。

焊好線路，商深又擦乾了裡面的水漬，然後還原了電腦。他安裝時的速度比拆卸的速度還要快，雖然手中只有一把瑞士刀，卻在十分鐘內就恢復了原狀。

「這樣就好了？」

藍檥被商深的神奇手法驚呆了。先不說電腦有沒有修好，只說商深拆裝電腦的手法就足以讓她目瞪口呆了。

崔涵薇也被商深的手法震驚了，至此她其實已經相信了商深就是傳說中的電腦高手，卻還是不願意承認，心裡不無鬥氣地在想，有什麼了不起，不就是拆裝一下電腦嗎？能修好才算真本事，修不好，拆開再裝上，頂多是個手工師傅，而不是高手。

衛辛雙眼放光，對商深完全就是仰視和崇拜，如果不是有外人在場，她說不定會拉住商深的手，羞澀地讓商深留下聯繫方式。

幾人之中，倒是徐一莫最是置身事外的態度，她甚至沒有留意商深拆裝電腦的整個過程，心不在焉地東張西望，也不知道在想些什麼，還不時低頭沉思，心思明顯不在當下。

「好了。」商深十分肯定地說道，語氣中滿是自信。他裝上電池，卻沒有開機，而是將電腦推到崔涵薇面前，「你來開機試試。」

「為什麼是我？」向來天不怕地不怕的崔涵薇忽然退縮了，手伸出一半又縮了回來，「為什麼不是你？萬一電腦沒好，你是不是又會怪我，然後把責任全部推給我？」

崔涵薇也太會聯想了，商深不過是想既然電腦因她而壞，由她重新啟動也算是個圓滿的結局，誰知她卻想太多，正要解釋幾句什麼，徐一莫卻突然衝了過來，不由分說就按下了開機鍵。

「真是的，不就是開個機嗎，還上升到了陰謀的高度，我來開！壞了算我的，好了算商深的。」徐一莫快語如珠，嘴快眼快手快，話說一半的時候，就已經完成了她想要完成的動作。

開機鍵一經按下就點亮了，隨後螢幕出現了熟悉的開機畫面。

眾人都屏住了呼吸，緊盯著電腦螢幕，眼睛都不敢閉上一下，唯恐眼睛一眨就錯過了最緊張的時刻。似乎整個飯店的客人都被一台電腦的命運吸引了，都放下手中的筷子，或近觀或遠望，期待歷史時刻的來臨。

開機畫面持續了十幾秒後，進入了桌面，又過了十幾秒，桌面全部打開。藍襪的手指放在紅點上，激動地點開了檔案……

「文件都在！」藍襪在查看了檔案後，伸手做了一個勝利的手勢，然後和商深擊掌，「太棒了，商深，你是我的偶像！」

「好耶！」人群爆發出熱烈的掌聲和歡呼聲，不少人衝商深伸出了大拇指，儘管許多人壓根不知道事情的前因，但只看到了後果就足以對商深佩服得五體投地了。

商深很紳士地朝人群揮了揮手：「謝謝，謝謝捧場。」

得意忘形！崔涵薇瞪了商深一眼，又想起剛才徐一莫搶先按了開機鍵，心中大為後悔，怎麼自己那麼遜，為什麼就不敢按下一個小小的開關呢？事情由她而起，再由她結束，該是多麼美好的一件事，她卻偏偏鬼迷心竅，遲了一步。

暗暗瞪了徐一莫一眼，崔涵薇第一次對她這個認識了至少十年以上的閨蜜有了一絲莫名其妙的恨意。

「來，小夥子，你幫我一個忙，如果成了，今天你們這一桌免費。」

老闆見狀，更加相信商深是傳說中可遇而不可求的電腦高手了，他熱情地拉著商深的胳膊，分開人群，來到他的收銀台。

「我的電腦慢得不行，開個機要好幾分鐘，而且打開程式特別慢，還總是自動重啟，請了許多電腦高手都沒能解決，你幫我看看。」

「我試試看。」商深謙遜地笑道。

商深點開電腦，查看了一下後台，立刻有了判斷：「一是啟動項目過多，二是中毒了……這樣吧，我寫一個小軟體，可以清除病毒，清理過多的啟動項目。」

「寫、寫軟體？」

老闆驚呆了，在他看來，裝在電腦裡面的軟體就如神秘的天書一樣，一聽商深居然要現場寫軟體，傻傻地問了句：「要不要紙和筆？」

「哈哈，不用，不用。」

商深哈哈一笑，十指如飛敲擊鍵盤，一分鐘後就寫好了，存好檔，然後說道：「好了，我存在你的D槽了，檔名叫三六五清理，意思就是一年三百六十五天，隨時可以打開清理一下，就和清理身體雜質一樣，有百益而無一害。」

「真的假的？」

老闆半信半疑地打開了商深的清理軟體，打開之後，視窗閃了一閃，然後電腦就自動關機了。

「電腦壞了？」

「沒壞，正在殺毒和清理。」

一群人圍在商深和老闆身後，顧不上吃飯，只想繼續圍觀商深的表演。

過了一會兒，電腦自動重新啟動。

啟動後，老闆坐在電腦前，點了幾下滑鼠，一臉驚喜：「哎呀，真是快多了，太神了。」

他有點不相信商深真的完全解決了難題，又重開了一遍電腦，電腦比往常快了數倍的速度開機，他高興地一拍大腿，「太好了，以前開個機要好幾分鐘，現在簡直飛速。以前我用電腦記帳，每次慢得讓我恨不得砸了它，現在就像裝上了火箭一樣啊。」

老闆也很守信用，大手一揮：「你們今天的消費免單了，我請客！」

「好！」人群再次爆發出歡呼和叫好聲。

商深今天的舉動，再次傳為美談，不，傳為神話，迅即傳遍北京整個ＩＴ圈。事後有不少好事者前來火鍋店問個究竟，一時間火鍋店生意火爆，有關商深的傳奇事蹟被無數人傳頌並且渲染，最終演繹出了無數個版本。

也有一個有心人從老闆的電腦中拷貝走商深所寫的清理軟體，回去後研究發現，商深的軟體雖然不大，思路卻是極好，演算法也別具一格，他就借鑒商深的軟體，自己另外寫了一個軟體投入市場，結果一炮而紅，也一夜暴富，從此走上中國互聯網史的歷史舞臺，並且寫下光彩而濃重的一筆。

而後，他和商深也由此結下了深厚的友誼，成為商深成長道路上一個關鍵人物。此為後話。

第六章

惶恐的念頭

崔涵薇衝出飯店，門口行人如織，全是陌生迷茫的面孔，
哪裡還有商深熟悉的身影？她這是怎麼了？
崔涵薇強壓下內心的悸動，回想起她和商深的兩面之緣，
忽然腦中閃過一個令她惶恐的念頭——她不會喜歡上他了吧？怎麼可能？

再說老闆為商深免單，商深卻高興不起來，因為老闆為他免的是崔涵薇一桌的單，不是他和歷江的單。

對，歷江怎麼跑了？不會真的跑了吧？等他回到自己的座位上時才發現，歷江還沒有回來，好像是真的腳底抹油了。

不是吧，真不夠朋友，先不說買單的小事，光是扔下他，讓他獨自一人面對崔涵薇等人，實在太差勁了，怎能讓自己兄弟一個人面對眾美女的圍攻呢？幸虧是美女，萬一是一群暴徒怎麼辦？

不過還好，崔涵薇幾人沒走，還在等商深。

「商深，你簡直太神了，謝謝你，真的謝謝你，要不是你，我的心血就全部毀於一旦了。而且電腦比以前更快了，你太厲害了。這樣好了，今天我請客。」

藍襪發現商深不但救回了檔案，而且電腦速度比以前提升很多，散熱更好，風扇的運轉聲也小了許多，有一種煥然一新的感受，她喜出望外，對商深佩服得無以復加。

商深撓撓頭，嘿嘿一笑：「我順便幫你清理了一下灰塵，又重新插了記憶體，理論上講，電腦會比以前的速度提升百分之十以上。至於請客嘛，就不用了。」

「商深，方便的話，留個聯繫方式給我，以後也許有事要請教你，或是請你幫忙。當然，不方便的話就算了，當我沒說。」商深正和藍襪對話，徐一莫卻突然中途殺出。

商深覺得四個女孩中，如果說崔涵薇高傲、衛辛文靜、藍襪淑女的話，那麼徐一莫是最有個性的一個人，看起來也最年輕，商深好奇地問道：「你還沒有大學畢業吧？」

「大四了，現在實習，明年就畢業了。怎麼，查戶口呀？好吧，都告訴你，我是人大的學生，學的是經濟學，名字你知道了，不用再說一遍了吧？還想知道什麼？」徐一莫一口氣說完，意味深長地看了商深一眼。

「已經很詳細了。」商深呵呵笑了，這個徐一莫挺有意思，他沒再多說，留下了自己的手機和傳呼機號碼。

「我記一下。」在徐一莫記錄的同時，衛辛也拿出紙筆記了下來。

「我也記一下。」藍襪湊著熱鬧。

「你有手機？什麼牌子的，讓我看看，哇，摩托羅拉，太有錢了。」藍襪拿過商深的手機左看看右看看，羨慕得不得了，「商深，你大學剛畢業就買得起手機啊，比我強太多了。」

「多半不是他自己買的，你們別表錯情會錯意了，他有個有錢的女朋友。」崔涵薇想起了范衛衛，又見商深大受徐一莫、藍襪和衛辛的歡迎，不知何故，心裡很不是味，「誰稀罕讓你幫忙買單，說好了今天我請客，不好意思，商深，電腦的事謝謝你，但買單的事就不勞你操心了。」

你是錢多沒地方花了是吧？商深有點生氣：「你們這桌老闆已經免費了，你有錢沒地方花的話，就幫我那桌買單就行了。」

「好呀。」崔涵薇二話不說叫過老闆，要替商深那一桌買單，不料老闆說，剛才和商深同來的客人已經結過帳了。

「記得欠我一頓飯就行了。」

商深笑了，見崔涵薇氣鼓鼓的樣子實在好笑，本想再調侃她幾句，忽然想起她是祖縱女朋友的事，頓時意味索然，對她不但沒有一絲興趣，連應付的耐心也沒有了，說完後，揮了揮手，不帶任何留戀地便轉身離去。

「太帥了！」

望著商深的背影，衛辛忍不住像花癡一樣，雙手拖住下巴，一副文青的口吻道：「既然目標是地平線，留給世界的只能是背影……」

「確實很帥，尤其是他頭也不回地揚長而去，很有徐志摩的《再別康橋》的味道。」藍襪也由衷地感嘆，「悄悄的我走了，正如我悄悄的來；我揮一揮衣袖，不帶走一片雲彩。」

「你們兩個不要花癡了，商深剛才可是閃亮登場，而不是悄悄地來。」徐一莫取笑道：「我承認商深有幾分帥，但不是那種迷死人的帥，只不過他身上既有文人的氣質，又有理科生的冷靜和理智，就很難得了。」

「以後不許在我面前提商深，我討厭他！」崔涵薇拿起提包，轉身就走，「他就是一個自以為是、自高自大、目空一切的笨蛋加傻瓜！」

怎麼了這是？商深自始至終都沒有過分的行為，而是在幫助她們，崔涵薇幹嘛對商深有這麼大的意見？藍襪和衛辛面面相覷，不知道崔涵薇發的哪門子火。

倒是徐一莫淡定地笑了笑，搖搖頭，小聲地說了句：「因愛生恨。」她的聲音很小，已經走遠的崔涵薇沒有聽到，就連身邊的藍襪和衛辛也沒有聽清楚。

如果徐一莫的話讓崔涵薇聽到，她肯定會冷笑一聲否認：「我會喜歡商深？別開玩笑了，商深哪點配得上我？」

只是表面上的否認卻掩蓋不了內心的慌亂不安，崔涵薇衝出飯店，以為在門口還可以見到商深，不料門口行人如織，來來往往的人中，全是陌生而迷茫的面孔，哪裡還有商深熟悉的身影？

她這是怎麼了？崔涵薇強壓下內心的悸動，回想起她和商深的兩面之緣，忽然腦中閃過一個令她惶恐的念頭——她不會喜歡上他了吧？怎麼可能？可是如果不是喜歡上他，為什麼對他的反應這麼激烈？換了別人，就算誤會她和祖縱的關係，又有什麼？隨便別人怎麼想，只要自己心安理得就行。但為什麼偏偏商深誤會了她，她就那麼生氣，那麼接受不了？這說明了她非常在意她在商深心中的形象。

不過又一想，就算她真是祖縱的女朋友又能怎樣？商深不也有一個有錢的女朋友？他沒資格指責她什麼！

崔涵薇心理稍微平衡了些，夜色闌珊，遠遠近近的霓虹燈閃耀迷離的光線，就如不絕如縷的思念，糾纏、紛亂而又剪不斷理還亂。

真是討厭，崔涵薇伸手在眼前搖動幾下，試圖驅散心中的胡思亂想，卻無濟於事。念頭不是蚊子，無形無影又無處不在，怎麼可能轟走？

希望以後不要再見到商深了，商深不但有一個有錢的女朋友，還有一個流氓朋友，他也不是什麼好人，對，商深就是個見錢眼開、借女人上位又有狐朋狗友的壞蛋！

崔涵薇在心裡為商深定下了一個最終版本的定位。

被崔涵薇定義為壞蛋的商深以為歷江真走了，走出飯店沒多遠，一輛警車突然從旁邊的巷子裡殺出，緊挨著他的身子停在旁邊，嚇了他一大跳。車窗打開，露出歷江一張得意洋洋的笑臉。

「兄弟，上車。」

「原來你沒跑，我以為你扔下我不管了呢。」

雖然歷江走的時候沒忘結帳，算是夠朋友，商深卻以為他肯定走了，沒想到居然還在等他，不由心裡感動，「行，夠兄弟。」

「看你說的，當我是什麼人了？我怎麼可能扔下你不管？我是想給你留出空間，好讓你和崔大小姐發展發展。」歷江笑得很曖昧。

「瞎說什麼呢？」商深上了車，「崔大小姐可是祖縱的女朋友，你一聽祖縱的大名就嚇跑了，我不要命了去泡祖縱的妞？」

「其實我跑不是因為她是祖縱的女朋友，而是因為我看出來，她對你有意思。雖然我很怕祖縱，畢竟祖縱的叔叔祖頭管著我呢，但我又沒打崔涵薇的主意，祖縱也不會拿我怎麼樣。我是為你著想呀，兄弟，哥是過來人，那小妞真的看上你了。」

歷江嘿嘿笑道，一推商深的肩膀，「行呀，真厲害，不愧是我歷江的兄弟，居然能讓崔大小姐動心，有一手。」

「別開玩笑了，崔涵薇和我才見過兩次面，怎麼會看上我？再說人家可是大小姐，我是平頭百姓一個，身分差得太遠了。」商深趕忙否認，「行了，不提她了，沒意思，我們先回賓館，我還有事情要忙。」

「祖縱說崔涵薇是他的女朋友，你聽聽就算了，別當真，祖縱聲稱是他女朋友的女孩多去了，連大明星都有，有幾個真是他的女朋友？有的確實真是他的女朋友，有的只不過是他看上的但人家沒有看上他，他也說是，一是過過嘴癮，二是先占住再說，省得別人下手。」歷江打了商深一拳，「平頭百姓怎麼了？咱兄弟不是一般人，平頭百姓照樣讓大小姐喜歡上，而且還得倒追，這才叫本事，對吧？上，兄弟，哥支持你拿下崔涵薇。」

商深莞爾一笑。

歷江鼓動說：「男人就得有迎難而上的勇氣，不管是事業的高山，還是女人的高山，要有山高我為峰的豪邁。商場和情場都是戰場。是男人，不管哪個戰場都要當勝利者，對吧？」

話雖如此，商深在商場上願意拼搏，願意勇往直前，但在情場上，他還是拿不出一往直前的勇氣。主要是他對崔涵薇根本沒感覺，何況他已經有了范衛衛。

「我有女朋友了。」商深不想再繼續這個話題，催道：「歷哥，送我回賓館，我得趕緊工作了。」

「沒問題。」歷江見好就收，知道商深到底臉皮薄，轉移了話題，「兄弟，你認識電腦高手不？認識的話，介紹一個認識，我有技術上的難題想向他請教。」

還技術上的難題，說得挺專業的嘛，好像歷江也懂電腦一樣，商深笑笑，含糊其辭地說道：「好呀，沒問題。我還真認識幾個電腦高手，等我忙完了手頭的工作吧。」

「行，看你時間，我不急。」

接下來的一個星期，商深除了加緊幹活之外，基本上不下樓，餓了就叫外賣，有時忙過頭，甚至忘了吃飯，從早到晚，猛然從電腦螢幕上抬起頭才赫然發覺一天已經過去了。

第十天，他終於敲下最後一個鍵，大功告成！

整體來說，這次的難度在中等以上，之所以耗費十天的時間，一是工作量浩大，二是程式的錯誤之處隱藏得很深，以至於查找就浪費了許多時間。

這也讓商深深思一個問題，怎樣才能快速地找到程式的錯誤之處，是一個需要認真對待並且必須想辦法解決的問題。

商深並不知道，透過他三次幫八達集團解決難題的經歷，奠定了他今後的理論基礎，為他以後的經歷埋下了具有深遠影響的伏筆。

伸了伸懶腰，商深站了起來，有幾分愛惜地注視著陪伴了他十多天的筆記型電腦，馬上就要還回去了，幾天來，他習慣了它的陪伴，還真有幾分依依不捨。

作為一個對電腦無比熱愛的重度硬體控患者，他對這款筆電的抵抗力為零。只可惜以他目前的收入，一款萬元以上的筆記型電腦對他來說不但是一種奢望，也太奢侈了。

他拿出手機，打算打給范衛衛，告訴她他已經準備好南下深圳了，忽然傳呼機嘀嘀地響了。

這一周以來，他除了和仇群保持聯繫，隨時通報進展之外，和外界幾乎斷絕了聯繫，就連歷江也沒有聯繫過一次。

傳呼機上顯示的是一個陌生的電話號碼，沒留訊息，商深猶豫了一下，還是回了電話。

「商深，是我，杜子清。」電話一端傳來杜子清哭泣的聲音，「不好意思又打擾你了，可是我實在不知道該和誰說去，我心裡難受……」

商深心中喟嘆，所愛非人確實是人生的無奈，但誰知道愛情來了，你現在所愛的那個人將來就一定不會辜負你？就像他和葉十三當初的友情一樣。

「還是因為葉十三？」

「是的，上次他說要和我分手，我以為他說的是氣話，回去後，我去找他，想向他解釋清楚，誰知他聽都不聽，直接把我趕了出來。我不甘心，給他打了無數次電話，發了許多簡訊，他也不接，後來被我逼得急了，就只回了句——請你自重！嗚嗚……」

杜子清哽咽悲啼，不能自抑，「商深，你說十三真的要和我分手了嗎？他怎麼能這樣？你能不能幫我勸勸他？」

都說戀愛中的女人智商等於是零，果然不假，她難道真不知道葉十三之所以和她在一起，只是她對他追得太緊了，只是為了將就，在更好的人出現之前，她永遠只是一個備胎而已，葉十三以她和他有曖昧為由，非要和她分手，不過是一個恰到好處的藉口而已，因為葉十三終於找到了他的最愛——崔涵薇。

如果不是歷江向他透露幕後的種種，他會天真地認為葉十三非要和杜子清分手是因為杜子清和他的一抱。

可憐的杜子清還希望葉十三能夠回心轉意，以他對葉十三的瞭解，葉十三是一個凡事有了決定就絕不回頭的人。在某種程度上，葉十三和他的性格很像。

「你有沒有聽過一句話……」商深思索著該怎麼告訴杜子清，不要再執著下去了，「在寧缺勿濫和將就之間，有些人會選擇寧缺勿濫，有些人卻不是。」

杜子清微一思忖，似乎明白了什麼，聲音微微顫抖，「這麼說，從一開始我就是他的將就？」

商深很不願意在杜子清面前說葉十三的不是，但葉十三的所作所為太讓人心寒，不管他對自己怎樣，他看在十幾年的兄弟情分上可以原諒他，但他對杜子清如此絕情，實在愧為男人。

「對於不將就的人來說，發小和女朋友都可以是備胎。」

「可是我實在是太愛他了，我離不開他，商深，你告訴我，我到底該怎麼辦？」

儘管無比悲傷和絕望，杜子清還是對葉十三保留了最後一絲幻想，希望可以通過商深向葉十三轉達她對他的愛，卻不想葉十三連商深都可以出賣，又怎會在意她的感情？

商深不知道說什麼好，沉默了一會兒，才艱難地說道：「你去聽聽陳淑樺的《夢醒時分》好了。」

「有些事情你現在不必問，有些人你永遠不必等……」杜子清輕輕哼唱了一句，心中悲傷成河，「謝謝你商深，我現在能……見見你嗎？」

「我有事情要忙，等我忙完再聯繫你好嗎？」

商深急於要向八達交作業，暫時沒時間也沒心思和杜子清見面，最主要的是，他知道就算見面也無用，感情上的事，只能靠自己化解，解鈴還須繫鈴人。

「好……吧。」杜子清低落地回道，就掛斷了電話。

希望杜子清可以調整情緒，很快地恢復心情吧，商深沒有多想，打給范衛衛。

范衛衛回到深圳後，很快就又找到了一家實習單位，在深圳，人們對於鐵飯碗的追逐早就不再狂熱，人們信奉只要有本事，不管走到哪裡都有飯吃的信念，所以對范衛衛來說，別說是一個實習機會，就是一個正式的工作丟了也就丟了，大不了再找就是了。

「歷來成功都屬於不安分的人，如果馬朵一直安分地當他的英語老師，一輩子頂多就是個教授或者校長，不會是現在的他，對吧？再如果比爾・蓋茲一直老老實實地上完大學，他就錯過了創辦微軟的機會，就不會成為世界首富了；如果賈伯斯休學後，不是一直研究電腦而是去打工，他現在也許只是一個普通的收銀員，而不是蘋果公司的創始人，所以說商深，大膽地向前走，別回頭，總有一天你會發現，所有的努力都不會浪費，所有的經歷都是財富。」

電話一接通，范衛衛既沒有問商深吃飯沒之類的家常廢話，也沒有無限重複地問他有多想她的無聊話題，而是一上來就是一通大道理。

商深啞然失笑，他明白范衛衛的心思，她是擔心他適應了北京的生活，想留在北京而不再南下深圳。

「衛衛，我明天一早的飛機，記得去機場接我。」商深提醒道：「我可有言在先，如果到時你不來接我，我就直接買機票回北京了。北京不但有許多機會等著我，還有好多美女等我回去呢。」

「哼，吹牛不打草稿。許多機會？不就是一個八達嗎？好多美女？除了你的女同學之外，你也就認識一個崔涵薇了，不對，還有杜子清，老實交代，我不在的時候，你有沒有和崔涵薇見面？不要騙我，要說實話。」

商深心中一緊，怪事，女孩子的直覺一向這麼準嗎？怎麼范衛衛一下就提到崔涵薇？

想了想，他還是沒說實話：「我怎麼會見她？北京那麼大，見一個熟人都不容易了，何況陌生人？」

「話是這麼說，但人生無處不相逢，也許你和她有緣呢？」

也不知道是什麼原因，范衛衛一想起當時崔涵薇注視商深的眼神，心裡就很不舒服，雖然她也覺得崔涵薇不可能一見商深就對商深有意思，但她以女人特有的第六感，敏銳地察覺到崔涵薇眼神中對商深的好奇和興趣。

「我和你才有緣，要不怎麼會先認識你？」商深呵呵一笑，「好了，先不說了，我去一趟八達，不出意外的話，明天下午到深圳。」

「太好了。」范衛衛心思淺，不再去想崔涵薇的事，也是怕商深覺得她無事生非，就說：「不用帶太多行李，來了再買也行；還有，要明確告訴八達，除非給你股份，否則你不會考慮到八達工作……」

范衛衛又瑣碎地交代了商深一些原則問題，才依依不捨地掛斷了電話。

「衛衛，你過來。」范衛衛剛收起電話，一轉身，發現爸爸一臉慈祥地站在身後，向她招手。

「爸爸！」范衛衛撲到爸爸的懷裡，嬌聲嬌氣地說道：「你答應我要好好對商深的，不許反悔。反悔的話，我就不理你了。」

「爸爸說過的話，絕對說到做到。」范長天年約五旬，方臉，濃眉大眼，眉眼之間，和范衛衛有五分相似，穿一件白襯衣黑褲子的他，很有儒雅之氣。

他憐愛地抱住范衛衛，說：「商深來的話，就讓他住在家裡好了，家裡房間也夠。不過我可事先聲明，我可以免費讓商深吃住，但不負責為他介紹工作，他能不能找到工作，得靠他自己的本事。」

「可是……」范衛衛嘟著嘴，一臉不快，「商深在深圳人生地不熟，就認識我，我不幫他，誰幫他？」

「當年爸爸來深圳的時候，也是舉目無親，不也有了今天？男人就得頂天立地，得靠自己的雙手打下一片天地。」范長天呵呵一笑，笑容中卻是不容置疑的堅決，「就這麼說定了，爸爸還要去上班，先這樣。」

「好吧。」

范衛衛沒有辦法，只好無奈地接受，心想商深來了後，如果知道她不幫他找一份安身立命的工作，他會不會生氣？

范長天走出別墅，打開停在院中的賓士S500的車門，坐在駕駛座，回頭望了眼兩層別墅巍峨的造型，微微搖頭嘆氣：「衛衛戀愛了，再也不是以前那個天真爛漫的孩子了。」

「我反對讓商深住在家裡。」

副駕駛座上，坐著一個貴婦，四十八歲的年紀因為保養得宜，顯得才三十出頭一樣年輕，她一身職業套裝，頭上挽了一個髮髻，脖間戴著一串圓潤而色澤金黃的珍珠，是價值不菲的南洋珍珠，左手手腕戴了一支寶格麗的女表，右手手腕是個翡翠手鐲，渾身上下散發出雍容華貴之氣，正是范衛衛的媽媽許施。

「女兒長大了，也有自己的想法，我們應該尊重她的選擇。」范長天發動汽車，駛出別墅，別墅的大門自動緩緩地關閉，「雖然我也反對她和那個商深來往，也清楚商深配不上我們女兒，可是也不能一下就讓女兒斷了對商深的感情，要慢慢來，從長計議。」

許施微有怒容：「衛衛還小，還沒有大學畢業，我不允許她談戀愛。就算談，對方至少也要有出身，有學歷才行。商深什麼都沒有，一個農村出身的窮小子，連個碩士學歷都沒有，更不用說出國留學的經歷了，不管哪方面都配不上衛衛。衛衛現在和他談算什麼？衛衛早晚是要出國的人，留在國內能有什麼出息？」

「出身農村怎麼了？」范長天微有不快，「不要忘了，我也是鄉下孩子，更不要忘了，你爺爺一輩也是農民！我最看不起動不動就說農民不好的人，如果不是農民，你天天住別墅開豪車，連飯都吃不上，你還幸福嗎？」

「好了好了，我就是隨口一說，你別激動好不好？」許施忙解釋幾句，又說：「反正我的底線是，最多讓商深在家裡住三天。」

范長天沒說話，專注地開車。

汽車沿深南大道一路向東，初升的朝陽灑落金光，道路兩側明淨晴朗、繁密豔麗的各種鮮花燦爛得讓人心醉，木棉樹和各類灌木呈現出立體的層次景觀，作為深圳的主動脈，深南大道的地位，就像長安街之於北京、外灘之於上海一樣重要。

想起初來深圳的時候，深南大道還是一條黃沙飛揚、坑坑窪窪的土路，當時有港商來深圳考察，才一踏入深圳，就被深南大道的破舊不堪嚇得止步，直接就返回香港。此事給當時的市政府極大的震動，決定要不惜一切代價修好深南大道。

雖然當初深南大道黃沙飛揚的過往影像，已經從范長天的記憶中漸漸遠去，但初來深圳時的雄心壯志卻沒有消磨多少，當年的熱血和激情，青春和迷茫，依然歷歷在目，現在的商深，何嘗不就是當年的他？

人生總要有兩次衝動，一次是為奮不顧身的愛情，一次是為熱血沸騰的事業，這麼一想，他心裡對商深又多了幾分同情。

「衛衛不是說，商深是一個電腦高手？」范長天希望可以稍微幫商深一幫，年輕的時候，誰都有過為愛情奮不顧身的衝動，商深很像當年的他，

「在賽格，他說不定有用武之地。」

一九九八年成立的賽格，是代理國內外一百多個電子名牌的電子配套市場，成交額占全國電子產品成交總額的三分之一，在ＩＴ業有一句話很生動地形容賽格在國內的地位：「深圳打噴嚏，全國就感冒。」

「電腦高手？哼，現在有多少人買得起電腦？就以深圳的發達程度，電腦的普及率還這麼低，何況別的地方，商深學的根本就是沒有前景的專業。」許施不屑地說。

許施對素未謀面的商深成見很深，不是因為商深長得不合她的心意——她連商深長什麼樣子都不知道——而是范衛衛對商深的一往情深刺痛了她的心，讓她覺得她用最好的教育以及不惜一切代價培養的女兒，原指望她可以嫁個地位相等或是更高階層的人家，卻沒想到女兒居然喜歡上一個土包子。

對，在許施眼中，除了北京和上海、廣州之外，其他地方的人都是鄉巴佬，而出身農村的商深，更是土包子無疑了。讓她大感面上無光。

「我也不看好電腦的未來……」想起商深所學的專業和就業前景，范長天對商深僅有的一絲同情又消失不見了，「現在討論商深也沒什麼用，還是等他來了再說吧。」

「嗯。」許施將頭扭向了窗外，窗外的深圳姹紫嫣紅，林立的高樓、匆忙的汽車和人流、正在擴建的道路和正在拔地而起的大廈，呈現欣欣向榮的勃勃生機，她忽然心情好了幾分。

也正是深圳充滿了活力和生機，才吸引許多人來到深圳尋求發展，商深來就來吧，深圳之大，總有他的容身之處，只要他識趣地離開衛衛，她願意為他找一份收入豐厚的工作作為補償。

商深並不知道在范衛衛爸媽的心目中，他已經被打入了冷宮，他和范衛衛通完電話，背上電腦就來到八達公司。

已經得知他要前來的張向西和仇群特意等候在辦公室。

張向西本來有一個會議要開，聽說商深提前幾天完成工作，心中既驚喜又期待，當即決定推遲會議，先檢查商深工作的完成情況。

儘管已經見識過商深解決影印機啟動故障的本事，但他還是對商深可以以一己之力搞定如此複雜而龐大的難題持一定的懷疑態度，不是懷疑商深的能力，而是懷疑商深的速度。

等商深從容不迫地打開電腦，不慌不忙地演示了一遍程式之後，張向西終於徹底信服商深是電腦天才的事實！

從他成名後，在ＩＴ圈內再也沒有一個可以和他相提並論的電腦高手，直到商深的出現，才讓他相信商深不但可以和當年的他媲美，而且假以時日，說不定還會超越他的成就。因為商深不但在思路上比他更有開創性，而且在速度上比他還要快上幾分。

天下武功，無快不破，如果說思路是招式的話，那麼速度就是出招。一個招式讓人眼花繚亂跟不上節奏的高手，同時出手之快還讓人目不暇接，如此高手，絕對是奇才。絕頂奇才。張向西頓生惜才之心。

再次檢查了一遍程式之後，確認商深確實不但完全解決了之前發生的問題，還修復了幾個小ＢＵＧ（作者按：本為臭蟲、損壞、竊聽器之意，現在人們將在電腦系統或程式中隱藏的一些未被發現的缺陷或問題統稱為ＢＵＧ，即漏洞），他大喜過望，當即向商深發出了邀請：

「商深，我以八達集團總經理的名義，正式邀請你加盟八達集團。」

用加盟而不是加入，足見張向西對商深的重視程度。

仇群一顆高高提起的心終於落到了肚子裡，同時對張向西向商深的正式認可十分欣慰。商深是他無意中發現的人才，如果商深進入八達，並且在八達成為骨幹，那麼也等於他為八達的發展出了一份力。如果商深以後為八達的發展壯大做出了成績，他更功不可沒。

「商深，張總早就不再負責人才的引進，你是這些年他第一個親自邀請加盟八達集團的人才，希望你慎重考慮張總的提議。」

仇群唯恐商深恃才傲物，說出狂妄自大的話影響到他在張向西心中的形象，忙暗示商深。

商深歉意地一笑：「說實話，我很敬重張總的為人，也很感謝仇總對我的幫助，可是我已經答應我的女朋友要去深圳，抱歉張總，如果以後我再回北京的話，我會很願意來八達。」

張向西雖有遺憾，不過還是由衷地祝福商深：

「人各有志，不能強求，希望你能走出一條屬於自己的成功之路。不過我相信，商深，未來是ＩＴ的時代，你如果想成為時代的弄潮兒，不管走到哪裡，一定不要忘記你的初心。不忘初心，方得始終。北京是一個寬容的城市，也是一個充滿了機會的城市，我相信，只有北京才有最適合你大展宏圖的土壤。」

話雖如此，張向西也理解商深的選擇，年輕的時候，都有為了愛情不顧一切的激情。他拍了拍商深的肩膀，笑了笑：「直覺告訴我，我們還有再見的一天。深圳不適合你，真的。」

商深也笑了笑，沒說什麼，他想得沒那麼長遠，現在他只想儘快到范衛衛身邊，只要和范衛衛在一起就安心了。

拿著八達支付的五千元報酬，商深樂呵呵地回到賓館，收拾好東西後，忽然有種依依不捨的感覺。他對北京是有感情的，上了四年的大學，有許多同學也在這兒，而且經過和張向西、仇群的接觸，讓他對八達有相當的好感，甚至隱隱有了一種歸屬感。

確實如張向西所說，北京是個寬容並包的城市，大氣有魅力，有獨特的人文氣息，他很喜歡北京既有歷史的厚重又充滿了迎接新時代的朝氣。

第七章

不管夢想多狂一定要有

「我的夢想就是要和IT業一起成長，要和互聯網大潮一起改變整個世界！怎麼樣，夢想遠大嗎？狂不狂？」

「不管夢想有多遠大多狂妄，一定要有，」馬朵並沒有嘲笑商深，說道：「你真的相信互聯網會改變整個世界？」

躺在床上一邊想事情，一邊昏昏欲睡，最近實在是太累了，突然間下來，商深感覺疲憊如潮水一般襲來，不知不覺就睡著了。

不知睡了多久，商深被敲門聲驚醒。

「商深，商深！」

誰啊？商深迷迷糊糊地醒來，才發現天色已經黑了，說明他至少睡了五六個小時，看來這陣子他確實是太累了。

開門一看，門口站著的，正是馬朵。

「明天你就要去深圳了，我來為你送行。」馬朵伸手一拉商深，「走，出去吃燒烤，我請客。」

盛夏的北京之夜，街頭人流如織，在迷離的燈光下，商深跟隨在馬朵身後，來到了中關村大街邊一家無名的燒烤小店。兩個人要了十幾串燒烤、幾碟涼菜和一打啤酒，相對而坐。

喝了口啤酒，馬朵瞇著眼睛望向夜空：「商深，你的夢想是什麼？」

「我的夢想就是賺錢、成家、買房子、買車子……然後過上幸福的生活。」商深才喝了一瓶啤酒，就微微有了醉意，也不知是醉人的夏風還是他一下放鬆了下來，心情格外舒暢的緣故。

「哈哈，你和當年的我一樣，有想法的日子才是快樂的日子，哪怕夢想卑微而渺小，只是為了滿足基本的生活需要，但只有滿足了基本的生活需要之後，才會考慮到更高更長遠的發展。不過你剛才說的不是夢想，只是想法。」馬朵笑了。

「嗯，滿足基本的生活需要，是想法，超過基本的生活需要的更高目標，才是夢想。」商深也笑了。

他忽然生出感慨，「我的夢想就是要和ＩＴ業一起成長，要和互聯網大潮一起改變整個世界！怎麼樣，夢想遠大嗎？狂不狂？」

「不管夢想有多遠大多狂妄，一定要有，」馬朵並沒有嘲笑商深，說道：「你真的相信互聯網會改變整個世界？」

「相信！」商深斬釘截鐵地道：「人類社會從工業革命以來，從蒸汽機到內燃機再到電動機，上百年的歷程比以前幾千年的發展還要巨大，而電腦的誕生以及互聯網的出現，是不亞於內燃機發明的又一次重大變革。還有一點，內燃機從誕生到現在，雖然技術一直在進步，卻進步不大，但電腦才出現沒幾年，更新換代的速度，超過以前任何一項技術革新。」

商深喝了一大口啤酒，又倒滿一杯。

「互聯網更是一項前所未有的創新，如果說內燃機的發明導致了汽車和飛機的出現，從而大大縮短了世界的空間距離，讓地球變成了地球村，那麼互聯網的出現，更是將地球村縮小在一個小小的螢幕之上，不管是中國還是世界上任何一個國家發生的事，只要瞬間就可以通過網路傳遍世界上的每一個角落，這就是網路的神奇和便利。如果說二十一世紀有什麼改變可以讓社會發展得更美好，我會說是互聯網。」

「聯通世界，溝通你我，不說別的，只說互聯網帶來的交流上的方便，就足以證明互聯網會有強大的生命力。」

商深又喝了滿滿一杯啤酒，一時之間想起了許多事，酒意和回憶一起湧上心頭，有一種置身於互聯網浪潮中的豪邁。

「九五年時，不太有人相信互聯網，也不覺得有這個東西對人類有什麼用，所以我當時用了比爾・蓋茲的名字，我說比爾・蓋茲說互聯網將改變人類的各方面。結果很多媒體就把這個說法登了出來，但這句話其實是我瞎說的，比爾・蓋茲並沒有說過這句話，那時他明確表示他反對互聯網，也不看好互聯網的前景。」馬朵的表情在昏暗的燈光下凝重如夜色，「當時我就鼓勵自己，相信互聯網會改變世界是我的夢想，雖然夢想很遙遠，遙遠到就和天上的星星一樣可望而不可及，但夢想一定要有，因為萬一實現了呢？我就一直堅持我的夢想，直到今天。我希望你也能和我一樣，要堅持自己的夢想，不要放棄，要採取行動，給夢想一個實踐的機會，不要只是懷揣著夢想，永遠空想夢想而不邁出關鍵的第一步。」

最後，商深和馬朵都喝醉了，兩個人你扶著我我攙著你，跌跌撞撞一路沿中關村大街步行。

「你給張向西寫軟體，張向西給你五千塊，等於是五千塊永遠買斷了你的版權，你知道他的軟體賣多少錢一套嗎？五千塊！你知道他一年能賣多少套嗎？根據我的保守估計，最少是一萬套。也就是說，他們付出的僅僅是五千塊的成本，收穫的卻是五千萬的利潤，商深，你算過沒有，如果你不要他們五千塊的報酬，要求一套抽成百分之十，那麼你一年可以賺到五百萬！如果你在深圳沒有找到合適的發展機會，回北京記得找我，我給你一個副總的位置。跟著我幹，我永遠不會虧待你！你是我的兄弟，加入我的團隊，我敢保證，不管十年還是二十年，我們同甘共苦，攜手共進。」

天不知何時下起了雨，雨不大，街上的行人紛紛避讓，只有商深和馬朵在雨中依然不緊不慢地走著，猶如閒庭信步。

不多時，二人都淋濕了，只是淋濕了衣服，卻淋不濕青春和激情。感受到馬朵傾情一醉的真性情，置身於燈紅酒綠的北京街頭，商深醉意上湧，感覺自己就如汪洋大海中的一葉扁舟，隨時有被淹沒的可能。

想起當初初來北京上學時的舉目茫然，從小縣城來到大都市的惶恐和無助還恍如昨日。轉眼間，四年的大學時光讓他成長為現在的青蔥少年，就如一棵經歷了風吹雨打的小樹終於長大，雖然還沒有遮天蔽日，至少也有了成材的跡象。

而現在走出校門走向社會的他，與生活短兵相接，開始真切地體驗生活所能給予他的一切：痛苦和歡樂，希望和失望，但不管是哪一種，他都格外用力格外投入，就如初生不怕虎的牛犢，懵懂卻又充滿了鬥志。

和萬千投身到這座城市的年輕人一樣，投入全部的生命，燃燒了全部的夢想，讓夢想熱氣蒸騰，讓理想熱血沸騰。

他的生命曾經和北京有過共振，四年間，有過明亮的笑，有過悠揚的哭。如今，他依然是青春狂放年少莽撞，卻要告別北京，只憑一顆勇敢的心，一個簡單的行囊，他相信自己的才華，相信憑藉一雙手就可以開拓一片天地的奔放，他即將南下南疆，忽然之間，心中竟然有了一絲不捨，一絲彷徨。

想起當時他從八達出來之後做出的決定，商深雖然醉意洶湧，卻無比清醒地認識到，不管深圳是怎樣熱火朝天的景象，在他眼中的北京，同樣空氣中漂浮的都是年輕和理想。

他再一次下定了決心——就如馬朵所說的，夢想一定要有，萬一實現了呢？以前週末的時候，他和同學結伴回宿舍在路上情不自禁引吭高歌，和志同道合者組建樂隊時亢奮地徹夜不眠，只為練習一支曲子的衝勁，商深眼睛濕潤了。北京給予他太多的回憶，承載他太多的傷感，現在要離開了，才知道許多往事是如此的難以割捨。

和馬朵告別之後，商深回到賓館房間，躺在床上，思緒萬千，無法入睡。忽然想起了葉十三，他有一種強烈想和葉十三說話的衝動，拿出手機正要打給葉十三時，葉十三的電話無巧不巧地打了進來。

「深子，什麼時候去深圳？」

葉十三的聲音在深夜傳來，伴隨著窗外的雨聲，別有一股異樣的味道，尤其是他稱呼商深為深子時的親切，瞬間讓商深回到了從前。

小時候，葉十三一直稱呼商深為深子，直到商深考上高中進了重點班而他沒有進去，他就開始直呼商深的大名了，不知道他是出於自卑或是別的什麼原因，反正在商深的印象中，自從那一刻起，他明顯感覺到葉十三對他有意的疏遠。

「三子……」商深心中一陣溫暖，也回叫他和葉十三還是小夥伴時對葉十三的稱呼，「我明天一早的飛機。」

「我明天還有事，就不送你了，祝你一路平安。」葉十三微一停頓，「前一段時間我心情不好，對你不夠照顧，你別往心裡去。」

「不會。」商深不知道葉十三要說什麼，「我們這麼多年的朋友，怎麼會因為一兩件小事而耿耿於懷？不管以前發生過什麼，我們還是發小，還是好朋友。」

葉十三沒接商深的話，而是轉移了話題：「杜子清最近找過你沒有？」

「沒有，只打過一次電話，說讓我勸勸你。三子，你到底想和杜子清怎麼樣？」

商深意識到他和葉十三之間的友誼回溫也許只是曇花一現，心中暗嘆一聲，就順著葉十三的話往下說。

「不怎麼樣，分手了。」葉十三輕描淡寫地說道，他深吸一口氣，儘量讓他的語氣顯得很平和，「個性不適合，在一起只會互相折磨，不如早點分開。」

商深心中隱隱有怒火燃燒，現在才說個性不合，以前幹什麼去了？不就是因為那時你還沒有遇到崔涵薇嗎，所以暫時將杜子清這個備胎當成主胎，既然從來沒有喜歡過杜子清，為什麼不敢承認？什麼時候葉十三變得這麼虛偽了？

「備胎終究是備胎，對吧？」商深不輕不重地點了葉十三一句，「杜子清人長得漂亮，性格也不錯，對你又是百般忍讓，你為什麼就不能對她好一些呢？」

「怎麼，心疼啦？」葉十三冷笑一聲，「如果你真的看上她你就明說，商深，我不會攔著你們的，相反，我還很樂意見到你們在一起。說實話，你和杜子清真的挺般配，你脾氣好，她性子柔，你們在一起一定會幸福。」

「葉十三，你這個混蛋！」商深終於忍無可忍了，「你打電話來，就是為了問杜子清有沒有和我見面對不對？你既然不喜歡她，為什麼當初要和她在一起？現在要和她分手，為什麼又要關心她和誰在一起？你壓根就是既不想放棄備胎，又想顯示出你的高冷，卻又擔心杜子清真和我在一起讓你面上無光，你的心理就是，就算是你不要的女人，我也沒有資格要，對吧？」

「商深，你真瞭解我，哈哈。」

葉十三放聲大笑，笑聲穿透雨夜的深沉，帶來了徹骨的寒意。

「杜子清是我的女人，就算我拋棄她，她也得為我守身如玉，不能便宜了你。退一萬步講，寧願讓她便宜了畢京，也比便宜了你強。」

「不要拿你的齷齪想法來猜測我，葉十三，我明確告訴你，我喜歡范衛衛是真心喜歡，從來沒有當她是備胎，不像你，你從一開始就對杜子清沒感覺。我喜歡范衛衛，就不會再喜歡別人，不管她是杜子清還是崔涵薇！」

「崔涵薇？誰是崔涵薇？」

葉十三愣住了，不明白為什麼商深突然提到一個陌生的名字。

上次葉十三始終都沒有問出崔涵薇的名字，後來他被打倒在地時，雖然崔涵柏喊過崔涵薇的名字，那時他被打得頭暈目眩，別說根本沒有聽清楚，就算聽到了也記不住。

「崔涵薇就是祖縱的女朋友，是你的夢中情人，也是你被痛打一頓又藏了好幾天的導火線。」商深不留情面地說出他所知道的一切，就是要讓葉十三知道，不要以為一切都可以瞞天過海。

「你怎麼知道我被打的事？」

葉十三大吃一驚，不僅吃驚商深居然知道崔涵薇的名字，還知道事情的來龍去脈，太驚人，太不可思議了。

原來他一見鍾情的女孩叫崔涵薇，可是為什麼他費盡心機連名字都沒有問出來，商深卻知道她叫崔涵薇？不公平，這不公平！更讓他又氣又怕的是，他以為他和崔涵薇的事是深藏的秘密，做夢也沒想到商深居然知道！

「再見。」

商深沒有回答葉十三的問題，也沒必要回答，他現在對葉十三徹底失望了，不想再和他多說一句話。

「商深……等一下，你還沒回答我的問題。」葉十三不甘心，想知道究竟，商深卻沒再給他機會，直接掛斷了電話。

「商深，你等著，總有一天我會讓你後悔的！」葉十三緊握手中的電話，惡狠狠地說道。

雨依然下個不停，讓炎熱的天氣稍微清涼了幾分，打開窗戶，呼吸了一下新鮮空氣，商深心中的煩躁平息了些。葉十三怎麼會變成這個樣子？

想了想，商深覺得有必要和杜子清通個電話，他傳叫了杜子清。

在手機還沒有那麼普及的年代，傳呼機就是最方便快捷的聯繫方式。他忽然腦中跳出一個念頭，會不會有一天網路發達了，人們可以通過網路聯繫，而不再完全依賴傳呼機和舊式電話呢？

過了一會兒，手機響了，商深迫不及待地說：「喂，子清，是我，商深。」

「商深？」電話一端傳來一個有點陌生又有些熟悉的聲音，「怎麼是你？這麼巧？」

商深愣了愣：「杜子清呢？你是誰？」

「我是徐一莫。」

「徐一莫？」商深更驚訝了，「我剛才呼叫的是杜子清啊……」

「我和子清是朋友。」徐一莫咯咯一笑，「怎麼了，想不到吧？後來我和子清聊天時才知道，原來她也認識你，世界真是很大又很小，原來我們還有共同的朋友。對了，你找了清有什麼事，她去洗澡了，需不需要我轉告她？」

「也沒什麼事，算了，等她方便時讓她回我電話好了。」

商深雖然吃驚徐一莫和杜子清認識，卻覺得沒必要和徐一莫說太多，就想掛斷電話。

「等一下……」

徐一莫還有話，「我有一個電腦方面的問題，想請你解答一下，不知道你現在方便嗎？」

「方便，你說吧。」

商深對徐一莫印象不錯，眼前浮現出她的俊俏模樣。

徐一莫困擾地說：「我的電腦總是無緣無故的出現藍白畫面，有時正在工作突然就當機了，檔案都還來不及存，又得重做，氣死人了。讓人檢查，說是一切正常，找不到原因。你能不能幫我看看到底是哪裡出了問題？總是這樣不可能沒有問題，是吧？就和一個人總是感冒去醫院檢查，醫生卻說沒事一樣，總覺得心裡不踏實，我想聽聽你這個專家高手的意見。」

電腦出現藍白畫面的情形，也就是Blue Screen of Death，一般人叫藍屏當機，是微軟的作業系統無法從錯誤中恢復過來時，為了保護檔案資料不被破壞而強制顯示的螢幕圖像。

引發藍屏的原因很多，藍屏比直接當機要好一點，至少還可以為使用者保存一部分資料，不至於讓手頭的工作全部丟失。

藍屏產生的原因往往集中在不相容的硬體和驅動程式、有問題的軟體、病毒等，只憑徐一莫的口頭描述，商深不可能知道是什麼原因造成她的電腦藍屏，不過以他的推測及徐一莫有限的電腦水準，不可能是硬體的改動導致的，那麼多半就是軟體問題了。

他想了想說道：「你最近是不是安裝了什麼驅動程式或軟體？」

「我想想，對，裝了一個ＩＣＱ軟體。」徐一莫不太明白，「可是藍屏和ＩＣＱ有什麼關係呢？」

一九九六年，三個以色列人維斯格、瓦迪和高德芬格聚在一起，決定開發一種可以讓人與人在網路上能夠快速直接交流的軟體，他們為新軟體取名ＩＣＱ，即「I SEEK YOU（我找你）」的意思。

ＩＣＱ支援在Internet上聊天、發送消息、傳遞檔案等功能。一經推出，用戶快速增長，六個月後，ＩＣＱ宣布成為當時世界上使用者量最大的即時通訊軟體。第七個月的時候，ＩＣＱ的正式用戶達到一百萬。

商深正在想是否可以在網上直接交流而不用傳呼機和電話的問題，現在聽徐一莫一說，腦中靈光一閃，似乎有一個創意突然在腦中點亮，具體是什麼，卻又不太清晰，正當他想用力思索時，徐一莫的話打斷了他的思路，靈感就跑掉了。

「商深，你還真厲害，一說就中。我想起來了，最近我裝了一個ＩＣＱ軟體，裝了之後就常出現藍屏，會不會是ＩＣＱ和我的系統有衝突？肯定是，ＩＣＱ是英文版本，我的系統是中文作業系統，可能是中文系統對英文軟體支援得不夠好，所以頻頻導致藍屏……大俠，我的分析對不對？」

徐一莫受到商深的啟發，觸類旁通，立刻聯想到問題由何引發的。

「大俠」是最早從ＢＢＳ論壇上流行的一個稱呼，原稱是「大蝦」，諧音成大俠，是對高手的尊稱。

徐一莫真是聰明，商深暗暗讚嘆，不由好奇地問道：「你念的是什麼科系啊？你的分析很到位，很可能就是ＩＣＱ引起的。ＩＣＱ並沒有中文版本，沒有針對中文作業系統優化，而且這個軟體還不太成熟，加上有可能和你電腦上的其他軟體有衝突，所以……」

「我學的是經濟管理，不是電腦，嘻嘻，怎麼樣，很厲害吧？」

徐一莫得到了商深的贊同，心花怒放，能得到最頂尖的電腦高手的認可，說明她無師自通，對電腦有一定的天賦。

「對了商深，ＩＣＱ沒有中文版權，你能不能破解一下，做一個中文版出來，這樣就更方便使用了。還有，你的ＩＣＱ號碼是多少？我加一下，方便以後聯繫。」

ＩＣＱ問世以來，推出了多種語言版本，唯獨沒有中文版，原因是ＩＣＱ認為中國太落後，電腦和網路的普及太差，沒有市場。不過ＩＣＱ頁面簡單，不需要懂太多的英文就可以使用，所以在一部分有電腦、能上網的有錢人中，還是有少量用戶。

商深呵呵一笑：「我還真沒有ＩＣＱ號碼，等我回頭申請一個，你先告訴我你的號碼吧。」

「好吧，我的號碼是五八三二六八，你回頭申請了記得加我。好了，不和你說了，我要休息了，晚安。」

雨不知何時停了，商深站在窗前，用力深吸了口雨後清新的空氣，心情舒暢了幾分。

也許是和徐一莫通話的緣故，徐一莫清脆輕靈的聲音讓人有莫名的輕鬆和愉悅，也或許是他又想到了他剛才的靈感……

徐一莫說得對，ＩＣＱ在國內的用戶雖然不多，但誰敢說等電腦和網路普及之後，不會有大批用戶加入？未來的不確定性永遠無法預料，就和當年馬朵創辦中國黃頁時一樣，誰都不認為馬朵會成功，沒想到隨著上海正式開通互聯網，馬朵的業務激增，一年的利潤就達到五百萬。

那麼如果他搶先在所有人面前改寫ＩＣＱ，開發中文版，會不會也可以獲得和馬朵，甚至是超越馬朵的成功？

商深翻來覆去無法入睡，不是因為要去深圳的興奮，而是忽然被徐一莫點燃了創意的亢奮，他腦中不停地閃動ＩＣＱ的畫面，為什麼他就沒有想到要改寫ＩＣＱ，或是自己寫一個類似ＩＣＱ的軟體呢？以他的程度，ＩＣＱ軟體並不複雜，估計一個月的時間就可以完成。

互聯網時代是創意的時代，有時一個點子就可能點亮整個互聯網的天空，同時也點亮自己的人生。

不知想了多久，商深迷糊中睡著了，睡得香甜睡得安穩，嘴角還掛著淡淡的笑意。

熟睡的他不知道，北京一夜卻發生了一件和他有關的事，而且還是了不起的大事！

商深為八達修復程式之後，張向西和仇群連夜加班，召集了十幾位工程師進行測試，結果顯示程式所有漏洞都被完全修復，而且還比以前更好用更快捷，張向西大喜，要求技術部門立刻重新製作程式，好進入市場。

由於原先的程式已經製作完畢，只需要修復有漏洞和錯誤的部分即可，所以比重新製作一個中文處理軟體要快了許多。技術部門全體動員，在幾個小時內就生產出幾百套中文處理軟體，然後包裝完畢，只等天亮發往中關村和全國各地。

許多接到八達通知，第二天一早就可以領到全新中文處理軟體的經銷商都疑惑不解，不是說最少還要一兩個月才能解決問題嗎，怎麼這麼快就出新軟體了？

八達的中文處理軟體銷量非常好，卻因為故障的原因，收到了大量的退貨，許多經銷商都等著八達解決後再重新上市，好大賺一筆，對中文處理軟體早就望眼欲穿了。

真的解決了最好，別再是一個半成品，不但八達的聲譽會因此大損，經銷商也會損失慘重。不少經銷商私下商量好，如果八達還解決不了軟體問題，再遭遇退貨的話，他們就聯手封殺八達的軟體。

張向西和仇群也清楚，八達接連出現印表機故障和中文軟體處理問題，確實讓八達的形象大大失分，但他們更相信商深的實力，所以張向西拍著胸脯向經銷商保證，如果這次再出現問題，八達將承擔經銷商的全部損失。

得到張向西的保證，經銷商才又重新樹立起對八達的信心，同時也想弄明白八達怎麼提前那麼多時間解決了中文處理軟體的問題。結果讓所有經銷商都大跌眼鏡的是，張向西回答是一個剛出校門的年輕人解決了問題。年輕人的名字叫商深。

一夜之間，商深的名字就傳遍中關村大大小小的經銷商耳裡，一舉成名！只不過商深太年輕，讓許多經銷商不相信商深真能憑藉一人之力解決困擾八達集團這麼長時間的難題，都對中文處理軟體能否完全修復持半信半疑的態度。

第二天天剛亮，新的中文處理軟體就發到了中關村各大經銷商手中。拿到軟體的經銷商第一時間開箱測試了軟體，結果出乎所有人的意料——軟體真的無比流暢，原先的漏洞不但已經修復，而且啟動速度比以前更快了不少，甚至商深還別出心裁地在軟體的啟動介面加了一個小小的彩蛋，是一個很不易發現的笑臉。

經銷商欣喜若狂，八達的中文處理軟體自斷貨以來，他們損失了不少客戶和利潤，現在重新上貨，而且軟體比以前更流暢，立即將軟體擺到最顯著的位置。

一開門，不少客人湧入中關村。經銷商不約而同地向客人介紹修復後的八達中文處理軟體，在經銷商的演示下，發現軟體確實比以前好用許多，毫不猶豫就掏錢買了軟體。

陳命好是八達公司的王牌經銷商，他在中關村的攤位位於人流最密集的黃金地帶，每天的銷售額非常可觀。

今天一早，他把八達修正後的處理軟體擺在最顯眼的位置，一開門就賣出了四五套，讓他欣喜異常，心裡十分感激那個叫商深的小夥子，如果不是他修復了軟體，他今天還賺不了這麼多利潤。

有機會一定要認識一下商深，現在電子產品的市場規模越來越龐大，有一技之長的電腦高手在未來會十分吃香，像商深一樣的高手更是可遇不可求的天才，如果能認識商深，將會是他的榮幸，也許他還可以和商深合作成立一家軟體公司，專賣商深的軟體，而且是獨家授權，一定可以大賺一筆。

陳命好真的名如其人，一直都命很好，陳命好的櫃檯只有十平方米見方，是中關村剛開業後，他拿出全部積蓄買下的店面，雖然不大，但經過幾年的升值，現在也算是價值不菲的資產了。他十分後悔當時為什麼不再多借些錢，買個更大一些的店面，現在就發達了。

陳命好的店面命名為「頂好電子」，主營各類家用和筆記型電腦，同時也出售各種軟體。剛賣出一套八達的中文處理軟體，他坐下喝口水的工夫，又來了一個衣著光鮮的客人。

「老闆，八達的中文處理軟體不是有問題，怎麼又擺出來了？」

來人一口濃重的廣東口音，穿金利來T恤，戴金絲眼鏡，勞力士手錶，一看就是大有來歷的有錢人。

在九〇年代，操一口南方普通話、穿金利來的人，是標準的有錢人形象，不是來自廣東就是來自香港，自認閱人無數的陳命好頓時眼睛一亮，忙起身相迎，他相信眼前來的人是個有錢的大客戶，說不定可以一下賣出好幾套軟體。

「老闆好。」陳命好客氣地道：「這是修正版，已經解決了所有的問題，而且比以前更快更流暢，今天剛剛推出……您要幾套？」

「哦？」金利來推了推眼鏡，拿起一套包裝談不上精美的軟體看了幾眼，眼神中全是疑惑之色。

「不是說問題不小，一時很難解決嗎，怎麼這麼快就解決了？我知道的內情是，以八達目前的實力，除非請到美國的高手，否則以國內的水準根本解決不了。」

「我也聽人這麼說，不知道八達怎麼撿到寶了，說是遇到一個罕見的電腦天才，只用一個星期的時間就修復了漏洞。而且聽說這個電腦高手還很年輕，才二十多歲，剛大學畢業。」陳命好急於向客人推銷軟體，話就說得多了些。

「我先買一套試用一下。」金利來拿出一張名片，眼中閃動如饑似渴的光芒，「老闆，我想和你商量一件事，如果你能幫我完成，我買你十套軟體作為回報，怎麼樣？」

陳命好接過名片，見上面沒有常見的名片一樣羅列一大串唬人的頭銜，只有姓名和一個電話號碼，很淡雅很素淨的名片，上面印了三個大字：王向西。

陳命好不由犯了嘀咕：「王總，您想讓我幫你什麼忙？」

「如果你幫我打聽到這個高手商深的聯繫方式，我就買你十套軟體，或者給你兩千元的報酬，怎麼樣？」王向西微微一笑，笑容淳厚而溫和。

陳命好不敢相信自己的耳朵，只是一個聯繫方式就值兩千元，太好賺了吧？會不會是騙子？

「就這樣？」

「就這樣，怎麼，不相信我？」王向西猜到陳命好的疑慮，想了想，又拿了兩套軟體，「我先買你三套軟體。」

陳命好信了，三套軟體一千多元，也算是價值不菲了，他笑容滿面：「請王總放心，我一定辦到。」

「有了商深的聯繫方式，就給我電話。」王向西伸出大小拇指，做了一個打電話的手勢，呵呵一笑，轉身要走。

「王總先別走，等我幾分鐘，我現在就能問出來。」

陳命好當即拿起電話打給仇群。

「仇總，麻煩你一件事，商深的聯繫方式能不能告訴我一下，我找他有事。」陳命好和仇群關係還算不錯，也沒客套，一開口就問道。

「好呀，你等一下。」仇群翻了翻電話本，找到了商深的傳呼機和手機號碼，告訴了陳命好，隨口問：「老陳，你找商深什麼事啊？」

「回頭我請你吃飯，到時再說。」陳命好哈哈一笑，掛斷了電話，將商深的聯繫方式轉交給王向西。

王向西看了一眼，也沒驗證，當即拿出兩千塊，交到陳命好的手裡：「謝謝。」

陳命好喜笑顏開，也顧不上數錢，好奇地問道：「王老闆，你找商深是不是有什麼發財的想法？」

王向西神秘地一笑：「說發財就太庸俗了，以商深這樣的人才，應該說是共同發展才對。謝謝你了，陳老闆，以後如果有發財的機會，我不會忘記你的。」

走出中關村大廈，一路上看到許多人都在討論八達重新推出的中文處理軟體怎樣好用，如何流暢，王向西連驗證都省了，完全相信商深是個罕見的絕頂電腦高手。

招手上了一輛計程車，剛坐上車，手機響了。

「向西，你現在回深圳，我有重要的事要和你商量。」

話筒一端傳來王向西熟悉的聲音，他微微一驚，「化龍，按照約定，不是我還要在北京再待三天？」

「事情有了意外的變故，需要你馬上回來。」馬化龍的聲音透露出幾分急切，「你坐最早的一班航班回來，我等你。」

王向西知道馬化龍為人一向鎮靜，他既然說事情出現變故，肯定是大事，也就不再多說什麼，放下電話對計程車司機說道：「麻煩你去機場。」一路直奔機場而去。

王向西手中拿著商深的聯繫方式，搖頭一笑，想在北京和商深見一面的願望落空了，以後也不知道還有沒有機會再和商深見面，真是太遺憾了。

想了想，王向西還是按捺不住心中的好奇，撥出了商深的電話號碼。

第八章

緣分遇上了就不要錯過

「緣分可遇而不可求，遇上了，就一定不要錯過。
真的，薇薇，你和商深是第三次見面了吧？
世界那麼大，能連見三次的陌生人太少了，就說明你的緣分來了。
既然來了，一定要抓住。」徐一莫坐在崔涵薇的身邊，說道。

對於自己的大名一夜之間傳遍中關村，成為無數人口中的電腦天才，商深一無所知，他一早起來收拾好行李，坐地鐵直奔機場而去。

此時的地鐵還沒法收到手機信號，商深走進地鐵，感覺到手機似乎響了下，但周圍人流太多，他又背了行李，不方便拿手機，就沒有在意。

商深不知道他錯失了一次十分寶貴的機會。

王向西撥打商深的手機，通了之後，只聽到響了兩聲就斷了。他有些納悶，又重撥了過去，卻聽到傳來無法接通的提示。

什麼情況？他無奈地搖搖頭，不甘心地又打了一遍，還是無法接通。也許是信號不好吧，這麼一想，心中更是遺憾遍地。

他將商深的手機號碼和傳呼機號碼都存在手機裡，心想，希望下次來北京可以和商深面談，如果可能，他一定要說服商深加入團隊。

作為當年在大學期間電腦技術最頂尖者之一，他自認放眼整個深圳，他也算是電腦高手中的翹楚性人物，所以他對商深憑藉一己之力解決了八達中文處理軟體的高超水準讚嘆不已。

八達中文處理軟體是目前業界最高水準的一款軟體，他有系統地研究過八達出品的全部軟體，不管是印表機的驅動程式，還是ＢＩＯＳ程式，都遠超同類產品，但相比之下，還是八達的中文處理軟體最為出類拔萃。同時，也是八達最賺錢、市佔率最高的一款。

八達中文處理軟體出現問題之後，他也嘗試過去修復，卻沒有成功，固然與他沒有軟體的原始程式碼有關，但他也清楚一點，和國內最高水準的電腦高手相比，他的能力還是有一定差距。

人外有人，天外有天，做人永遠不要將目光局限於一地一時，而是要放眼長遠，才能不斷地進步。

正是清楚修復八達中文處理軟體的難度有多高，他才對商深大感興趣，畢竟他很清楚和他姓名只有一字之差的八達的老總張向西，當年也是北京圈內著名的電腦高手，如果商深不是一個罕見的天才高手的話，他連張向西一關也過不去。

深圳雖然是改革開放的窗口，但畢竟不如北京底蘊深厚，北京是臥虎藏龍之地，也許商深這樣的人物只有在北京才能出現。王向西微有感慨，如果可能，他很希望說服商深到深圳發展，他願意提供商深超出八達所能給予的條件數倍的豐厚報酬！

不知道什麼時候才能再回北京和商深面談，王向西望著車窗外面匆匆閃過的綠樹和人群，第一次，他對北京有了些許的留戀。

同時對北京也有些許留戀的是商深，他對北京深深的留戀是因為許多人，尤其是張向西和仇群對他的器重和重用，讓他看到了自身價值，所以他非常感謝張向西和仇群。如果不是他們，他也許還在迷茫中尋找出路。

只是……不管如何不捨，終究要離開，而且還不知道是不是回來。

到了機場，距離登機還有一個小時，商深坐在候機大廳等候。

手機忽然響了。是個陌生的號碼，北京號碼，他愣了愣，接聽了電話。

「商深，你還在北京嗎？我剛安定下來，才有時間給你打電話，哎呀，我可想你和衛衛了，就是太忙了，實在顧不上聯繫你們。」

商深眼前頓時浮現杜子靜熱情爽朗的笑容，心中一暖：「杜姐，我馬上就要離開北京，衛衛已經回深圳了。我在北京這段時間裡，也是一直在忙，沒時間去看你，你別怪我。」

「說什麼呢？怎麼會怪你呢？你現在多不容易，一個人在北京，沒有落腳的地方，也沒有親朋好友，肯定有許多困難，唉，我這個當姐的沒幫上你，心裡過意不去呀。」

杜子靜還是快人快語的性格，她本來就對商深和范衛衛印象良好，加上杜子清和葉十三情變後，商深對杜子清很是照顧，杜子清在她面前不止一次說商深如何如何好，她對商深的印象就更是好上加好了。

「你什麼時候回北京呀？」

杜子靜突然冒出一個念頭，她知道有些話不該說，可是實在忍不住，「如果你回北京，商深，記得一定找我，聽到沒有？如果不找我，我就生氣了！你比那個葉十三強多了，至少強一百倍。等你再回北京時，衛衛還留在深圳的話，你乾脆和子清在一起算了……」

「咳咳……」商深尷尬地咳嗽幾句，忙問：「杜姐，你和畢工還在一起辦公嗎？」

商深的計策奏效了，一提到畢工，杜子靜就立刻把撮合商深和杜子清的想法抛到了一邊，憤憤不平地說道：

「別提他了，一提他我就氣不打一處來，太氣人了。我不但和他在一起辦公，還住在同一棟宿舍，每天都是抬頭不見低頭見，別提有多礙眼了。幸好他剛來部裡，還不敢擺譜，比在儀表廠老實。不過，我看他早晚有一天會露出狐狸尾巴。對了，最近畢京總來找他，這父子倆一對活寶兩個壞蛋。好像畢京正式被微軟聘用了，我還聽說，畢工正和別人想合作成立公司，也不知道是真是假，畢京在為畢工牽線……」

對於畢氏父子，商深實在是提不起興趣，也不想知道他們在做些什麼，乍聽到畢氏父子居然也要開公司，心中微微一驚，想起畢工的斤斤計較和畢京的陰險，這樣一對父子如果真的開公司的話，不知道會是一家怎樣剝削員工的公司……不過他只是想了想就閃了過去。

聽杜子靜絮絮叨叨說了半天，掛斷電話時已經可以登機了。想要打發時間，杜子靜是最好的聊天對象。

商深的座位在中間靠窗，他行李不多，又排在前面，登機後，閒來無事，便拿起報紙隨便翻看，目光落在一則新聞上，頓時吸引了他的注意。

新聞的標題是《一九九七年大事計》。九七年才過去一半多，就開始統計今年發生的大事了？商深接著向下看。

「一九九七年三月十四日，八屆人大五次會議通過設立重慶直轄市的議案；一九九七年六月十八日，重慶直轄市掛牌成立。一九九七年六月三日，中國互聯網路資訊中心（簡稱ＣＮＮＩＣ）經國家主管部門批准，正式成立。一九九七年七月一日，政府決定對香港恢復行使主權，標誌著香港正式回歸中國……」

真是個歷史轉折之年呀，商深一時感慨，一九九七年註定是載入史冊的大事最多的一年。

商深正想得入神時，目光一掃，發現旁邊過道有一個女孩正在吃力地往上推行李，行李過重，而她雖然個子不矮，但還是力氣不夠，實在推不上去。空姐被擋在後面，無法過來幫忙。

女孩穿了一襲藍色長裙，用力推行李的時候，上衣和長裙連接的地方露出了一截粉嫩潔白的腰肉，極具青春的氣息和誘人的美感。

如果僅僅是露出腰肉也就算了，女孩微彎身子用力，挺翹的臀部就撐起裙子，呈現出一個渾圓而完美的輪廓，加上隱約可見的修長美腿，勾勒出一副曼妙而令人遐想的畫面。

正好一個長相猥瑣的男人站在女孩身後，目光緊盯著女孩玲瓏的身材，更伸出右手在女孩的臀部上比劃，擺出要摸上一把的姿態。

商深看不下去，起身來到女孩身邊，伸手幫女孩將行李推到行李艙內，然後借勢朝旁邊一動，不著痕跡地將猥瑣男撞到一邊。

「哎，你怎麼回事？沒長眼是不是？你撞到我了！」猥瑣男被商深壞了好事，極度不滿，對商深嚷了起來，「趕緊向我道歉，否則我跟你沒完。」

商深回身站在猥瑣男面前，挺直腰桿，足足比猥瑣男高出了半個頭，加上他孔武有力的北方人體型，直接在氣勢上就壓過了猥瑣男。

「對不起，不好意思撞了你。」商深禮貌地道歉，然後輕描淡寫地說：「你說要跟我沒完？怎麼個沒完法？」

猥瑣男嚇了一跳，被商深的氣場震住了，愣了一會兒才假裝不耐煩地說道：「行了，行了，你已經向我道歉了，我不和你一般見識。趕緊讓開，我座位在後面。」

商深點頭一笑，側身讓開了猥瑣男，他以為猥瑣男被他一撞也應該收斂幾分了，不料，有些色膽包天的人天生就喜歡占女人便宜，而且下賤到肆無忌憚的程度。

猥瑣男悄悄伸出左手，趁長裙女孩擦身而過的時候，想落在長裙女孩的臀部，好在長裙女孩注意到猥瑣男色瞇瞇的目光，早有提防，身子一錯，猥瑣男的左手就落在了她的腰上。

「流氓！」

長裙女孩被猥瑣男摸到，感覺如同吃了蒼蠅一樣噁心，她剛才放行李的時候沒有察覺到異常，等商深撞開猥瑣男時，留意到猥瑣男剛才一直站在身邊肯定沒安好心，沒想到他居然膽大包天敢當眾摸她，頓時火起，一揚手打了猥瑣男一個耳光。

「啪」的一聲，猥瑣男的臉上頓時紅了一片。

「你打我？」

猥瑣男以前揩油無數，即使被人發現，也可以以無意為之搪塞過去，從來沒有被人打過，今天算是遇到厲害角色了。

他頓時愣住，然後勃然大怒，「你憑什麼打我？」

「憑什麼？就憑你耍流氓！」長裙女孩美目圓睜，毫不示弱，「你剛才在我後面色瞇瞇地偷看我半天就不說你什麼了，還敢假裝無意摸我，不要以為你的齷齪心思別人不知道，你這樣的低級流氓我見多了。」

「我就是無意中碰了你一下，我怎麼耍流氓了我？太不要臉了，別以為自己長得漂亮，男人就都想對你怎樣。要不讓你也摸我幾下，我也打你一個巴掌行不行？」猥瑣男見事情敗露，開始耍起無賴。

「你……」

長裙女孩再厲害，畢竟也是女孩，被猥瑣男的無恥氣得快要哭了。

「要不這樣好了，我摸你一下，然後讓你打我一巴掌怎麼樣？」商深說話了。

商深好人做到底，再次挺身而出要為女孩解圍。他實在受不了猥瑣男沒有下限的齷齪，邊說邊扭頭看了一眼，頓時驚呆了。剛才他沒看清長裙女孩的長相，一看之下差點驚叫出聲，真是人生無處不相逢，怎麼又遇到她了？

女孩也注意到了商深，她的驚訝比商深有過之而無不及，張大了嘴，震驚得說不出話來。

不過震驚歸震驚，她和商深都知道現在不是敘舊的時候，片刻之後，二人都恢復了平靜，假裝誰也不認識誰。

「幹嘛讓你摸我？你有病呀？」猥瑣男翻了個白眼，惡狠狠地對商深說道：「多管閒事多吃屁，等到了深圳，我要你好看。」

話說完，瞪了商深一眼，目光中全是歹毒和怨恨，然後拿起手機打出一個電話：「是我，朱石，兩個多小時後落地，到時多找幾個人過來接我，有個小子跟我過不去，一起收拾他一頓……」

朱石說話的聲音很大，明顯是想讓商深聽到。

不但商深聽到了，崔涵薇也聽得清清楚楚，她不無擔憂地說道：「真不好意思，商深，連累你了。」

沒錯，商深挺身而出幫助的女孩，正是崔涵薇。

商深說什麼也不會想到會在飛機上遇到崔涵薇，更沒有想到他無意中又幫了崔涵薇一次，他憨厚地說：「沒什麼，我在深圳也有人接，不怕他。」

本來崔涵薇對和商深的意外重逢充滿了喜悅，一聽商深這麼說，心中突然又失落了，勉強一笑：「是范衛衛吧？也是，范衛衛是大家閨秀，家裡有錢有勢，你來深圳她肯定會保護你。」

商深笑笑，沒接崔涵薇的話，問：「你去深圳是出差？」

「嗯，談合作。」崔涵薇看了看錶，微有焦急，「這個徐一莫總是喜歡遲到，真拿她沒辦法，飛機都快要飛了。」

「徐一莫也要去？」

商深驚喜，如果說和崔涵薇意外相遇是人生無處不相逢，那麼能再遇到徐一莫，就是相逢何必曾相識了。

「是呀，我讓她陪我一起去，我一個人孤軍奮戰，太勢單力薄了。不過她太不靠譜了，到現在還沒來……」

崔涵薇忽然覺得哪裡不對，意味深長地看了商深一眼，「怎麼聽你的口氣，你很想見她？」

「就是隨口一問。」商深忙擺手道。崔涵薇如果是他的女朋友就麻煩了，太敏感又愛耍小性子愛吃醋。

崔涵薇的座位在商深的右後方，她坐下後，和商深意外相遇的喜悅迅速被一些情緒淹沒了。

儘管一開始她還驚喜一路上有商深陪伴就不會寂寞無聊了，但隨後想到商深去深圳是和范衛衛相聚，驚喜就瞬間消失了。等見到商深聽說徐一莫也來時的表情，她的心情更是跌落到谷底。

為什麼？為什麼商深對她如此忽視？就連只有一面之緣的徐一莫也能讓他記得那麼清楚，她和他都第三次見面了，商深對她似乎比陌生人強不了多少。難道說她在商深的心中真的沒有留下一絲痕跡？

哥哥已經得到祖縱的投資了，暫時緩解了燃眉之急，她是不是再南下深圳和對方談判，其實無關緊要。不過哥哥堅持讓她飛一趟深圳，說也許會有意外的收穫也未可知。她也覺得有必要到深圳走一走看一看，感受一下南方的萬千氣象也是好事。

對於哥哥堅持要和祖縱合作，非要接受祖縱三百萬的投資，她一直持保留意見，無奈哥哥固執己見，非要拉祖縱入局。實際上她猜到哥哥與虎謀皮的心思，他想借助的不是祖縱的投資，而是祖縱的名聲、資源和人脈。

如果她和哥哥真的無路可走了，爸爸也不會袖手旁觀，區區三百萬的資金缺口對爸爸來說不過是小菜一碟；再者以她和哥哥在北京的人脈，也不會除了祖縱之外借不來三百萬。

因而她總隱隱覺得哥哥是在玩火，祖縱為人向來只占便宜不會吃虧，哥哥有意借助他的人脈和資源，以他的多疑和精明，怎會被哥哥玩弄於股掌之間？可惜不管她怎麼提醒哥哥，不要和祖縱交往過深，越深越容易陷進去，說不定還會被祖縱挖坑埋掉，遭受滅頂之災，哥哥卻就是不聽。

從深圳回來後，她要再和哥哥好好談談，讓哥哥認清現實，不要對祖縱抱有任何不切實際的幻想，以免最後被帶進萬劫不復的深淵。她不想哥哥成為眾多前仆後繼的飛蛾之一。

現在她和哥哥的公司正在招兵買馬，缺少一個既懂技術又懂市場的副總，商深倒是個不錯的人選，崔涵薇抬頭看了左前方的商深一眼，只看到商深的後腦勺，商深的後腦很平坦，沒有反骨，據說沒有反骨的人會很忠心。

只不過商深要去深圳發展，他也許會留在深圳不再回到北京了。

北京那麼大，她和商深在短短時間內見了三次面，是不是說明她和商深真的有緣？

崔涵薇忽然心中猛然升騰起勇氣，見商深旁邊的座位還空著，就想坐在商深身旁，和商深好好聊聊，也許她可以說服商深不要留在深圳回去北京，加盟到她和哥哥的公司。以商深的沉穩和掌控大局的能力，坐鎮公司的話，說不定可以從容應對來自祖縱的明槍暗箭。

這麼一想，崔涵薇站了起來，就要坐到商深身邊的空位上……

「不好意思，來晚了，薇薇，你別怪我，真的不是我的錯，是北京太堵了。」崔涵薇才一邁步，距離商深身邊的座位還有半米遠的時候，徐一莫風風火火地趕到了。

頭髮束在腦後，簡單繫了個辮子的徐一莫，沒穿牛仔褲，而是穿了件剛過膝的中長裙，露出極其漂亮的一雙小腿，腳上藍色的運動鞋再配上一雙潔白的襪子，幹練、青春以及撲面而來的健美氣息，讓人感受到年輕的活力。

「你呀……」

崔涵薇既遺憾她好不容易鼓起的勇氣被徐一莫的出現打了回去，又欣喜徐一莫總算沒有誤了航班，見徐一莫雙手空空，不由道：「你怎麼沒帶行李？」

「帶啦。」徐一莫嘻嘻一笑，回頭看了看，「遇到了一位紳士，他幫我拿了。」

崔涵薇這才注意到徐一莫的身後跟了一位男士，說是男士，其實是個大男孩，應該和商深年紀相差不多，戴一副金絲眼鏡，嘴大耳大，既有文質彬彬的氣質，又有幾分憨厚，十分面善。

徐一莫伸手從身後的男生手中接過行李，嫣然一笑：「謝謝王哥。」

被稱為王哥的男士淡然一笑：「不客氣，舉手之勞的小事。祝你旅途愉快！」向徐一莫和崔涵薇分別點了點頭，朝後面走去。

他的目光不經意間掃過商深，見商深也在看他，就朝商深微微點頭一笑。商深也報以一笑，回應了他的致意。

「你可真行，怎麼能讓一個陌生人替你拿行李？」

雖然對王哥的印象不錯，但以崔涵薇的性格，她寧可自己受累也不會假手他人，別看她出身不錯，卻從小養成了凡事靠自己的習慣。

「也不是，是飛機快要起飛了，我背著行李走得慢，他就主動幫我拿了，是想我走得快一些……」徐一莫一邊說，一邊往行李艙放行李。

「我來幫你。」商深站了起來。

「啊，商深，怎麼是你？」

徐一莫這才發現商深也在，大吃一驚，然後恍然大悟地指了指崔涵薇，「哦，我明白了，你們商量好了要一起去深圳私奔，對不對？薇薇你也真是的，你和商深去旅遊，幹嘛非拉上我，讓我當電燈泡啊？」

崔涵薇的臉瞬間紅了，呸了徐一莫一口：「胡說八道什麼，誰和他私奔了？一莫，不要亂說，商深是要去深圳找他的女朋友，正好在飛機上遇到了而已。」

「真這麼巧？」

徐一莫有幾分不信，不過等她分別觀察了商深和崔涵薇幾眼之後就信了，笑說：「於千萬人中遇見你所要遇見的人，於千萬年之中，時間的無涯的荒野裡，沒有早一步，也沒有晚一步，剛巧趕上了，那也沒有別的話可說，唯有輕輕問一句：哦，你也在這裡麼？」

這是張愛玲有名的一段經典名句，本來是很輕柔很感性的一段話，由徐一莫輕靈的嗓音說出，別有一番情調。不知何故，崔涵薇的臉又紅了。

王向西的座位在最後面，他只顧低頭走路，一直在想回深圳後的事，對剛才登機時偶遇的徐一莫並沒有太深的印象，雖然徐一莫長得確實漂亮，他幫她拿行李只是不想她慢騰騰地走在前面，影響後面的人通行而已。

緊趕慢趕，居然趕上了最早的一班航班，還算幸運。雖然座位在最後，他也不挑剔什麼了。坐下之後，在嘈雜的聲音中隱約聽到有人說到「商深」的名字，他愣了愣，下意識抬頭朝前面看了一眼，然後又搖頭笑了。

肯定是幻聽了，怎麼會這麼巧商深也在飛機上？是他太想見商深了，才會產生幻聽。算了，不想了，想也沒用，他做出一個決定，等在深圳的事情處理好之後，他再飛北京一趟，說什麼也要和商深見上一面，好好談談。

像商深這樣可遇而不可求的人才，遇上了，就一定不能錯過。

「緣分可遇而不可求，遇上了，就一定不要錯過。真的，薇薇，你和商深是第三次見面了吧？世界那麼大，能連見三次的陌生人太少了，就說明你的緣分來了。既然來了，一定要抓住。」

徐一莫坐在崔涵薇的身邊，雙手插在裙兜裡，目光卻盯著商深的後腦不放，「商深人不錯，你看他的後腦多平，沒反骨，這樣的人，不管是對工作還是愛情，都會忠誠不二。」

「我不喜歡他，他傻呼呼的樣子讓人看了沒興趣。」

崔涵薇明明心如鹿撞，被徐一莫說得心思大動，卻偏偏裝作無所謂的樣子，「再說他有女朋友了，我才不屑於和別人搶男朋友。」

「這就是你的不對了，薇薇，我們從小一起長大，你的脾氣我比誰都瞭解。你表面上是個不喜歡和別人爭的人，其實骨子裡最爭強好勝了。」

徐一莫嘻嘻一笑，繫上安全帶，飛機準備起飛了。

「你最大的優點同時也是缺點，就是嘴硬，女孩子還是嘴甜一些好，嘴硬最終還是自己吃虧。明明喜歡商深，為什麼不告訴他？不要太要強了，薇薇，在感情上面，適當地放低姿態，讓他知道你的心意，主動去爭取自己的幸福，不是一件丟人的事。是，商深是有女朋友了，但那又怎樣？他又沒結婚。沒結婚之前，他就是自由身，誰有本事誰都可以拿下他。」

崔涵薇不說話了，抿著嘴，目光中流露出一絲堅毅，她望向窗外，在巨大的轟鳴聲中，飛機騰空飛起，外面的景色越來越小。

半個小時後，飛機平穩飛行了，徐一莫起身說是去廁所，過了一會兒她回來後，俯身到商深旁邊的大媽耳邊說了幾句什麼，大媽笑著點點頭，來到崔涵薇面前：

「小姐，我給你和你男朋友重歸於好的機會，我同意換座。我剛才觀察了一下，你的男朋友真的不錯，人長得帥不說，還愛看書，是個好小夥子。」

崔涵薇愣住了，大媽說什麼呢，莫名其妙！徐一莫嘻嘻一笑，悄悄在崔涵薇耳邊說了幾句，崔涵薇驚訝地張大了嘴巴。

「別愣著了，快去呀，我好不容易才說服大媽換座位，你再不去，我可去了。」徐一莫推了推崔涵薇。

崔涵薇本來就對商深有好感，現在又有了徐一莫的鼓勵，她心一橫，誰怕誰？坐就坐。確實就和徐一莫說的一樣，商深還沒有結婚，她為什麼不能從范衛衛手中把商深搶過來？她喜歡商深又沒錯，商深長得帥又有才，正常的女孩子都會喜歡他。

這麼一想，崔涵薇站了起來，二話不說坐在商深的身邊。

商深正在隨意翻看飛機上的雜誌，忽然覺得一股清香襲來，知道身邊換了人，扭頭一看，詫異地說：「怎麼換座位了？」

「我有話想和你說。」崔涵薇咬了咬嘴唇，「商深，你覺得我這個人怎麼樣？」

商深有些莫名其妙，上下打量了崔涵薇幾眼，笑道：「挺好呀，長得漂亮，出身又好，對，還有一個很厲害的男朋友，人生很完美。」

平心而論，商深對崔涵薇的印象一般，崔涵薇漂亮是漂亮，但在他眼中，她是個傲慢無禮的富家小姐，又愛慕虛榮，還是一個名聲其臭無比的敗類的女朋友，肯定也不會是什麼好女孩。

「你！」

崔涵薇聽出商深話中的嘲諷意味，本來想好好和商深談談的心情一下變糟了，她想解釋她不是祖縱的女朋友，但自尊心又讓她話到嘴邊咽了回去，哼了一聲，將頭扭到一邊。

算了，他又不是她什麼人！他愛怎麼誤會她就誤會吧，哪怕他當她是個壞女孩也無所謂，她沒有必要在他面前樹立起一個好女孩形象。商深誤會她是他的損失，又不是她的錯。

商深見崔涵薇一言不合就生氣了，搖頭一笑，不再理她，低頭專心致志地看書了。

坐了一會兒，崔涵薇有些睏了，頭靠在椅背上，微閉雙眼，頭慢慢地朝一邊滑落，不覺靠在了商深的肩膀上。商深雖然有幾分討厭崔涵薇，卻不忍推開她，只好由她枕在自己的肩膀上。

崔涵薇長得漂亮，氣質出眾，睡覺時卻沒那麼淑女，頭枕在商深的肩膀上，還不時地滑落。滑到一半，又自動回去，如此反覆，如小雞啄米一般。商深不覺好笑，伸出左手輕輕托住崔涵薇的額頭，入手之處，滑膩細柔，手感一流。

離得近了，他才注意到崔涵薇不但漂亮，而且皮膚極好，細緻而白嫩，額頭光潔，鼻子高挺，膚色紅潤，鎖骨迷人，鎖骨以下，隱約可見雪白一片……商深沒再繼續深入觀察下去，收回了目光。

只從相貌來說，崔涵薇確實是一等一的美女，五官端正，身材苗條，但她高傲的脾氣以及身為祖縱女朋友的事實，讓商深始終覺得她和他不是一路人，道不同不相為謀，商深是一個很有原則的人，他不會和不符合他的價值觀的人來往。

原以為崔涵薇睡上一會兒就會醒來，沒想到崔涵薇也不知道怎麼這麼疲憊，一睡不醒。到後來，商深手都托得麻木了，索性收回手，用頭靠在崔涵薇的頭上，防止她再滑落。

不知不覺中，他也睡著了。

迷迷糊糊中，感覺到崔涵薇的雙手抱住他的胳膊，他睡意如潮水，下意識仲手抓住崔涵薇的小手，二人就如熱戀中的情侶一樣依偎在一起，甜蜜地睡去。

也不知道睡了多久，商深被一陣嬉笑聲驚醒。

「哎呦，太甜蜜了……」

睜開眼睛，商深才發現飛機正在下降，而他和崔涵薇手把手相依相偎在一起，崔涵薇還緊緊地抱住他的胳膊，二人親密的姿勢任誰看了都以為會是一對戀人。

徐一莫站在商深和崔涵薇前面，一臉調笑的表情不說，手中還拿著相機，拍下他們剛才依偎的一幕。

商深尷尬地嘿嘿一笑，想解釋，又覺得不管怎麼說，事情已經發生了，多說無用，不如不說。

此時崔涵薇也醒來了，先是一愣，然後發現自己不但抱住商深的胳膊，頭還枕在商深的肩膀上，手緊緊抓住商深的一隻手，完全是主動投懷送抱外加主動進攻的姿勢，頓時面紅耳赤，忙站起來扭頭就走。

「敢作敢當才是英雄好漢。」徐一莫衝崔涵薇的背影吐著舌頭大笑，「薇薇，你們剛才的親密動作我都拍下來了，回頭洗出照片送你珍藏。」

「別胡鬧。」商深怕了，一把拉過徐一莫，把她按在座位上，「剛才是睡後失禮，不算數，你千萬別亂說，也別洗什麼照片，讓我女朋友知道了，我可就跳進黃河也洗不清了。」

「你還是不是男人？」徐一莫白了商深一眼，「睡也睡了，手也拉了，誰知道你趁薇薇睡著的時候有沒有偷親她一下，反正她現在已經是你的人了，你要對她負責。」

商深被徐一莫的無賴打敗了：「徐一莫，你是故意的是吧？你再胡鬧的話，我就和你斷交。」

徐一莫不怕商深的威脅：「斷交就斷交，才不怕你，反正我和你就和陌生人沒多大區別。你沒喜歡我，我也沒喜歡你，誰怕誰呀？」

見硬來不行，商深就只好以柔克剛：「一莫，求求你不要再鬧了好不好？我來深圳就是來找我的女朋友范衛衛，如果真讓她誤會我和崔涵薇就麻煩大了。她本來就對崔涵薇有意見，君子有成人之美，你是好人，為什麼非要使壞？」

徐一莫吃軟不吃硬，見商深真的擔心，也就不鬧了：「好吧，看在你深愛你女朋友的分上，放你一馬。不過你得答應我一個條件……」

「什麼條件？」商深忙問。

「如果你和范衛衛分手了，優先考慮薇薇當你的女朋友，好不好？薇薇真的喜歡你，只不過她太驕傲了，輕易不會表露自己的情感。我認識她這麼多年，還從來沒有見過她對一個人這麼在意過。」

徐一莫的要求很無理取鬧也很搞笑，偏偏她說得很認真，很一本正經，「我是說真的，不開玩笑。」

「好……吧，我答應你。」

商深無語，見飛機已經落地，再和徐一莫糾纏下去也沒什麼意義，反正徐一莫的前提是他和范衛衛分手，他和范衛衛怎麼可能分手？

「一言為定！」徐一莫伸手要和商深擊掌。

商深伸手和徐一莫擊掌：「君子一言，快馬一鞭！」

第九章

當個有錢人

如此驚豔的接機，讓商深不禁暗嘆，
有錢不一定就擁有一切，但沒錢肯定什麼也不會擁有。
他在心中立志，他也一定要努力當個有錢人。
一個人只有有錢，才能做自己想做的事，
才能擁有一定的社會地位，實現自己的夢想。

飛機落地，崔涵薇埋頭收拾行李，不理也不敢看商深一眼。倒是徐一莫收拾好行李後，又問商深：「商深，你去哪裡？要不我們一起？」

「不用了，商深肯定有人接。」崔涵薇拉了徐一莫一把，眼神中流露出埋怨之意。

徐一莫知道崔涵薇吃醋了，一吐舌頭：「就算商深有人接，我們也要等他安全了再走。薇薇，你別忘了，商深為了幫你，可是得罪了一個叫朱石的壞人。」

「好吧，我們和商深一起走。」

崔涵薇才想起商深為她挺身而出的事，一路上她只顧心思浮沉，居然忘了這件事，真不應該。

想到剛才商深為她力鬥朱石的勇敢，再想到她居然抱著商深的胳膊睡了一路，還把頭枕在他的肩膀上，長這麼大，除了爸爸和哥哥之外，她還是第一次和一個男生這麼近距離接觸，不由心跳加快，羞不可抑。

「商深，幫我拿一下行李好嗎？」徐一莫聰明地要求商深幫忙，她知道商深很紳士很男人，肯定不會拒絕。

「沒問題。」

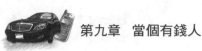

商深哪裡會想到徐一莫和崔涵薇是在算計他，也沒多想，拎起徐一莫的行李，又伸手接過崔涵薇的背包，「我來。」

「不用了，你自己還有行李，夠重了。我自己行。」崔涵薇沒讓商深拿。

徐一莫取笑：「不錯嘛，知道心疼了。」

「去。」崔涵薇臉又紅了，打了徐一莫一下。

下了飛機，還在機場大廳，就感覺到熱浪的威力。深圳比北京熱多了，而且還是濕熱，比起北方乾爽的熱難受許多。

商深和徐一莫並肩走在前面，崔涵薇紅著臉跟在身後，她現在手心還潮濕一片，也不知是緊張還是心虛，似乎還抓著商深的手一樣，既羞澀又心癢。

怎麼了這是？她都討厭自己了，你看商深若無其事的樣子，好像什麼都沒有發生，你又何必糾結不放？真是的！真沒出息。

但不管怎麼說服自己，她就是停止不了腦中不停地回憶剛才和商深在飛機上相偎的一幕。如果說以前她對商深只是好奇加好感，那麼現在，經過第一次親密接觸後，她的一顆芳心完全寄託在了商深身上。

完了，崔涵薇終於意識到一個可怕的事實——她真的喜歡上了商深！

不行，她不能喜歡商深，不對，應該是至少她不能主動喜歡商深，要讓商深喜歡她並且主動追求她才對。她是女孩，應該享受被追求的虛榮和快感。只是……

浮想聯翩的崔涵薇注意到前面的商深和徐一莫二人並肩而行，有說有笑、談笑自如的樣子，忽然有些許的失落，商深和她在一起時就沒有這麼放鬆和開心，為什麼他和徐一莫這麼談得來？難道說徐一莫比她更適合商深，或者說，徐一莫的長相和性格才更符合商深？

胡思亂想什麼呢？崔涵薇搖搖頭，商深是有女朋友的人，她和徐一莫，不過都是商深的普通朋友而已。不對，在商深眼中，或許她連普通朋友都算不上。

就這麼一邊亂想，一邊跟在商深和徐一莫身後，崔涵薇都沒有留意身後緊緊跟了一個人——是個個子不高、顴骨高眼窩深的矮小的南方人，不是別人，正是在飛機上騷擾她未遂的朱石。

朱石緊跟在崔涵薇身後，視線在崔涵薇的腰上和大腿上掃來掃去，手中拿著一部摩托羅拉手機，小聲地在打電話。

「我馬上就出機場大廳了，你們在門口等我。對，那個小子在我前面，他和兩個美女在一起。到時下手狠一點，好好收拾他一頓，敢讓老子出醜，不弄他弄誰？」

朱石顧前不顧後，只顧盯著前面的崔涵薇和商深，卻忘了螳螂捕蟬黃雀在後的典故——在他的身後也緊跟了一個人，戴著金絲眼鏡和勞力士手錶。不過，就算他回頭看上一眼，也不認識對方是誰。

對方卻認識他，因為在飛機上，對方坐在他旁邊，他在飛機上打電話、假裝在地上撿東西偷看空姐的內褲以及藉故和空姐搭訕等一連串的醜陋行徑，都被對方盡收眼底。

對方除了鄙夷他的所作所為之外，連和他坐在一起都覺得恥辱，後來索性見旁邊還有一個空位就坐了過去。

不過朱石卻沒有察覺到對方對他的厭惡，他一向自我感覺良好，雖然長得油頭粉面，而且由於顴骨過高，眼窩過深顯得有幾分猥瑣，卻還自認是風流倜儻的帥哥。

朱石不認識身後的人是誰，徐一莫卻認識，正是幫她提行李的王哥。

王向西跟在朱石身後，對朱石鼠肚雞腸的報復行徑十分鄙夷，他對徐一莫印象不錯，是個很開朗活潑並且有個性的女孩，卻對崔涵薇不太瞭解，覺得崔涵薇過於傲氣，漂亮倒是漂亮，卻不如徐一莫的漂亮更給人親切和隨和感。相比之下，他更願意和徐一莫交朋友，因為和徐一莫在一起，放鬆開心，沒有壓力。

商深為崔涵薇挺身而出時的情形，他沒有親眼目睹，不過在飛機上聽到旁邊有人竊竊私語，說到之前商深力鬥朱石的英勇，對商深見義勇為的行為大加讚賞。

仗著自己是當地人就想報復商深？太丟深圳人的臉了。不能讓見義勇為的人受屈寒心，想到此，王向西拿出電話打給馬化龍。

「化龍，你到機場了嗎？到了？來了幾個人？就你一個？好吧，這樣，有件事需要你配合一下，我想幫一個人個忙……什麼忙？先別問，過來再說，怕來不及了。」

放下電話，王向西心生一計，緊走幾步追上前面的朱石，然後身子一晃，擋在朱石的前面。

朱石正貪婪地欣賞崔涵薇的身材，冷不防前面多了一人，正好擋住他的視線，而且離他不遠不近，雖不妨礙他前進，卻又讓他很難超過，感覺十分難受。

朱石就想超過前面這人，不料他緊走幾步，前面的人似乎故意和他過不去一樣，也加快了腳步，就是擋在他的面前。

他生氣了，故意和他過不去是吧？他想試試前面的人是不是有意為之，特意放慢腳步，果然，他腳步一慢，前面的人也慢了下來。

哼！敢和他作對，真是活得不耐煩了。朱石本來就有氣，這一下氣就更大了，加快腳步想要衝過去，不料才一邁步，前面的人突然停了下來。朱石猝不及防，一下撞在前面的人的身上。

撞了人還好，但他手裡還拿著手機，撞擊力過大，手一鬆，手機就脫手飛出，飛到了幾米開外，「啪」的一聲摔在地上，當即摔得四分五裂。

不但如此，朱石還撞得渾身生疼，頓時勃然大怒，一伸手就抓住對方的衣領：「你怎麼回事？走路不長眼睛怎麼著，你撞了老子了。」

王向西見計策奏效，心中暗笑，表面上卻不動聲色。

「誰走路不長眼睛？誰撞了老子？你睜大眼睛看看，是你撞我不是我撞你。」他輕輕推開朱石的手，「別動不動就動手，好像你很能打一樣。」

朱石被王向西不慌不忙的氣勢震住了，打量了王向西幾眼，估量了一下對方身材和體形，再觀察了一下王向西孔武有力的拳頭，立刻得出結論——

憑他的小身板不是對方的對手，好漢不吃眼前虧，何況確實是他撞人在先。

「誰讓你不好好走路，突然就站住？撞你活該。」朱石服軟歸服軟，嘴上還得保持硬氣，要不多沒面子。

「我想停就停，想走就走，是我的自由，為什麼別人不撞上，偏偏你就撞上了？追尾是全責，懂交通規則嗎？」王向西故意拖延時間，好讓徐一莫幾人走掉。

「別跟我講什麼交通規則，我們是行人，不是汽車。」

朱石還想繼續和王向西理論下去，一抬頭，見商深幾人已經走遠了，也顧不上計較誰勝誰負了，轉身就跑，邊喊道：「不和你一般見識，我還有大事要忙。」

「別走呀，撞了人就想跑，還講不講道理了？」王向西向前一步，一把拉住朱石，「你得向我道歉，否則你別想走。」

還較真了，朱石翻了翻白眼就要發作，轉念一想，如果和對方糾纏不休的話，就錯過收拾商深的機會了，權衡一下輕重，他倒也乾脆，點頭哈腰一笑：「對不起，先生，剛才不小心撞了您，是我不對，請您原諒我的冒失。」

行呀，能伸能屈，倒是小瞧了他，王向西微微一愣，沒想到朱石真的會鞠躬道歉，還想再說幾句什麼，朱石卻趁他愣神的工夫轉身跑了。

還好，至少耽誤了朱石幾分鐘時間，王向西搖搖頭，跟在朱石後面，加快了腳步。

商深對於後面發生的事情一無所知，他和徐一莫說笑間出了機場大廳，來到外面，感覺到深圳滾滾的熱浪和刺眼的陽光，南國天空和北方天空並沒有太明顯的不同，除了日頭更強烈，天空更明淨外，就是周圍人群更熱情的面孔了。

站在出口，映入眼簾的是無數矗立的看板和標語牌。NEC和摩托羅拉的巨幅廣告與愛立信的廣告爭相耀眼，「同在一方熱土，共創美好明天」的標語和「時間就是金錢，效率就是生命」標語相互輝映，只一瞬間，商深的激情就被點燃了。

「同在一方熱土，共創美好明天」，多麼振奮人心的口號，而「時間就是金錢，效率就是生命」，也是他從未聽過的激昂之聲。是呀，當內地許多人還在鐵飯碗的假象中沉睡，還在一杯茶一根菸、一張報紙看半天、吹吹牛皮聊聊天的生活中沉醉，永遠不知道在開放的深圳已經是怎樣的氣象萬千了。

商深吸了口氣，熱，潮濕中帶有微微的腥氣，是海的氣息。再看來來往往的人群，個個精神飽滿，連走路都充滿了活力和激情，讓他感慨萬千。

「傻站著幹什麼？接你的人呢？」

商深正遐想時，忽然肩膀被人拍了一下，回頭一看，是徐一莫青春飛揚的笑臉，「我們叫好車了，估計會在深圳待三天左右，有時間的話再聚。對了，你有薇薇的電話吧？」

商深沒有在人群中發現范衛衛，可能是還沒有到，就說：「人還沒到……沒有她的電話，也沒有你的電話。」

「好，都留給你。」徐一莫拿過商深的手機，輸入兩個號碼，提醒道：「我就不幫你存到通訊錄了，你別弄錯啦，第一個號碼是我的，第二個號碼是薇薇的……」

徐一莫伸手做了個打電話的手勢：「記得給薇薇和我打電話，有時間我們一起去吃海鮮，為了報答你的救命之恩和拎包之誼，薇薇請客。」

崔涵薇白了徐一莫一眼，徐一莫太過於熱切撮合她和商深了，顯得她好像多喜歡商深並且願意和他在一起一樣，不過徐一莫說得也對，是應該感謝商深的幫助，請商深吃飯也在情理之中。

「就怕人家顧不上理我們，小別重逢，恩愛的時間都不夠，哪裡有時間陪我們？」崔涵薇故意說。

商深收起手機，笑了笑：「好，保持聯繫。」沒接崔涵薇的話。

崔涵薇自覺沒趣，扭頭到一邊，不想理商深。不料才一轉身過去，有張讓她無比厭惡的臉突然出現在眼前。

正是調戲她的那個猥瑣男人。

朱石一路小跑，總算追上商深幾人，見商深還沒有離開大喜，雖然累得氣喘吁吁，卻十分有氣勢地來到崔涵薇面前，趾高氣揚地說道：「你先別走，還有你，等下我們好好算算帳。」

崔涵薇心中一跳，這個人怎麼陰魂不散又來了？他到底想怎麼樣？想起她在北京從來沒有人敢對她不敬，不想一來深圳就被人調戲不說，還如此囂張，一時火起，揚手就打了朱石一個耳光。

「好呀，現在我就先和你算一下賬！」

「啪」一聲，朱石再次被打臉，不是吧，這個小妞也太火爆了，脾氣這麼大，說打人就打人，看來平常也是高傲慣了。

朱石被打火了，在他的地盤上還敢對他動手?!他扔下行李，上前一步就要對崔涵薇動粗。

商深雖然不是膽小怕事之人，但也不會主動惹是生非，崔涵薇寧為玉碎不為瓦全的性格他讚賞是讚賞，卻不贊同她不分形勢場合，現在畢竟不是主場作戰，何況作為一個女孩子，打又打不過人家，卻還老愛動手，太衝動了。但不管怎樣，商深不能允許朱石對女人動手，他伸手抓住朱石的胳膊，厲聲一喝：「你再動手試試？」

「試就試！」

商深話音剛落，從朱石身後閃出三個年輕人，三個人都穿著半袖襯衣，故意沒有繫扣子，露出肚皮和胸脯，胸脯上有猙獰的老虎紋身。

為首的一個年輕人還是個光頭，三角眼，樣子十分兇惡，他推了商深一把，流氓地道：「怎麼著小子，來到深圳還敢撒野，知不知道我是誰？我是光頭強。」

光頭強手勁挺大，商深被他推中，感覺一股大力襲來，不由自主後退了幾步。

崔涵薇見狀，知道自己惹了禍，不敢說話了，身在異地他鄉的無助感讓她心生懼意，悄悄躲在商深的背後。

徐一莫卻沒有後退，反倒向前一步，和商深並肩而立，小聲安慰商深：「不要怕，邪不壓正，我就不信深圳人民沒有正義感，會放任他們為非作歹。」

朱石有了幫手，狗仗人勢的勁頭上來，哈哈一笑，也伸手推了商深一把：「你再動我一根手指試試？怎麼不狂了？慫了吧？」

「哎呦，誰撞我！」

剛推了商深一下，還沒推第二下，朱石就被身後突然闖出的一人撞個正著，身子一晃，朝前一撲，差點摔倒在地。回頭一看，又是剛才被他撞了一下的金絲眼鏡男，舊仇新恨一起湧上心頭，揚手就朝金絲眼鏡打了一個耳光：「找死！」

金絲眼鏡一閃，朱石的耳光落空，朱石更是火冒三丈，用手一指金絲眼鏡男：「打，一起打。」

光頭強身後的兩個年輕人，一個黃毛一個紅毛，二人一挽袖子就衝了過來，正要對金絲眼鏡拳打腳踢之時，突然身後傳來了說話聲。

「住手！」聲音威嚴而充滿了震懾力。

幾人回頭一看，身後來了三個人，為首一人二十五六歲的樣子，白白淨淨，也戴一副金絲眼鏡，很有儒雅氣質，個子一米七五，身材雖不魁梧，卻頗有威勢。

他身後跟著兩個人，中等身材，三十歲出頭，平頭，方臉，濃眉，是孔武有力的類型。

「你誰呀？」朱石愣住了，看對方來勢洶洶並且人多勢眾，頓時矮了半截，「你是哪裡的？」

「你別管我是誰，只管好你自己就行了。」

儒雅男來到朱石面前，雙手交叉在胸前，一隻手張開拇指和食指放在下巴上，似乎在掂量朱石的分量，「你是想打架是吧？」

「你和他、他們是一夥的？」

朱石一聽對方口音是本地人，立馬主場優越感就沒有了，再看對方來了三個人，加上金絲眼鏡和商深，一共五個人，就打了退堂鼓。

「你說呢？」儒雅男雖然氣質儒雅，但居高臨下打量朱石的時候，明顯流露出就是要欺負你怎麼著的氣勢。

「誤會，都是誤會。」朱石迅速對比了一下雙方實力，權衡得失後，決定還是三十六計走為上策，他朝光頭強使了個眼色，「不打不相識，都是朋友，以後再聊，再見。」

話一說完，也不等光頭強幾人，跑得比兔子還快，立馬溜走了。

「朱石，等等我，你這人怎麼這樣？」光頭強哭笑不得，朱石叫他來助陣，結果跑得比他還快，這什麼酒肉朋友？

「豬食？什麼狗屁名字。」徐一莫望著幾人抱頭鼠竄的背影，鄙夷地翻了個白眼，然後回頭對金絲眼鏡莞爾一笑，「謝謝你王哥，謝謝你替我們解圍。你真是大好人，我以後認你當哥哥了。」

王向西被徐一莫甜甜的笑容感染了，心中升起一股異樣的感覺，點點頭：「客氣了，作為深圳人，有必要維護深圳的形象，不能讓你們北京人小瞧了我們深圳，哈哈。」

商深在一旁暗暗讚嘆，剛才的一幕險象環生，卻又有驚無險地過關，一切都拜替徐一莫拿行李的王哥，雖然他不知道王哥是何許人也，但陌路相逢對方就能出手相助，也算是俠肝義膽之人。

商深向前一步，主動和王哥握手：「你好王哥，非常感謝。」

王向西和商深握了手，呵呵一笑：「客氣了，以後如果我到北京遇到了麻煩，相信你們也會出手相助，對吧？」

「肯定會。」商深哈哈一笑。

「向西，沒事的話，我們先走吧，還有好多事要處理。」儒雅男一拉王向西的胳膊，朝商深點了點頭，然後轉身走了。

商深微感遺憾，都說燕趙多慷慨悲歌之士，不想在南疆大地上，一樣有仗義之士，他很想結交王哥，只不過卻連互報姓名的機會都沒有。

不過……等幾人走出十幾米遠之後，商深注意到儒雅男拿出兩張鈔票遞給跟在他身後的兩個人手中，兩個人接過錢就走了。

他愣了愣，啞然失笑。原來剛才的兩個人不是儒雅男的同伴，只是他臨時雇來的幫手，儒雅男倒是有意思，想得很周全，也是，如果只是儒雅男一個人過來的話，還真沒法在氣勢上壓倒對方。

不知為何，商深對才只見一面的儒雅男大生好感，他最欣賞做事情有規劃的人，他突然將儒雅男和馬朵比較起來。

如果說馬朵在偷井蓋事件上表現出的見義勇為，是猶豫再三並且事先想好了退路的勇敢，那麼儒雅男花錢雇人來解圍，就很有商場上瞞天過海的交手策略了，倒不是說馬朵和儒雅男的做法誰高誰低，就事論事，馬朵有一股義無反顧的衝勁，而儒雅男則有從容不迫的佈局的機智。

換位思考的話，如果剛才是馬朵，他會先看好逃跑路線，然後直接朝朱石幾人出手；而如果是儒雅男遇到偷井蓋的人，他可能會先花錢雇用幾個幫手，然後再站出來制止偷井蓋的人。

性格決定命運，不同的性格決定了不同的做事方式。

商深自然不知道，若干年後，儒雅男的名字和馬朵的名字如日中天，二人經常被放在一起對比，而且還經常一起出鏡。

「就這麼讓他們走了？」崔涵薇憤憤不平，「要是在北京，非好好收拾他們一頓不可。」

「是呀，在北京的話，有祖縱出面，他們幾個不過是螞蟻一樣的小混混。」商深不無嘲諷地道：「可惜這裡是深圳，人得識時務，入鄉隨俗，走到哪裡說哪裡，別說沒用的大話和氣話。」

「商深，你存心氣我是不是？」崔涵薇氣得想和商深吵上幾句，卻被徐一莫勸住了。

「薇薇，行了，不要說了。說到底，剛才朱石找商深的麻煩，還不是因為你？多虧了王哥，如果不是他，我們剛才也許就過不了關了。你除了應該感謝王哥之外，也要感謝商深。可惜的是，我到現在都不知道王哥的名字，他可真是個好人。」

崔涵薇遲疑著想感謝商深，不等她開口，身後響起一個脆生生水靈靈的聲音：「誰說沒有什麼王哥就過不了關了？有我在，在深圳就沒人敢欺負商深！」

回頭一看，身後站了一個亭亭玉立的女孩，一身長裙如丁香花開，腳上一雙紅色涼鞋，染紅的腳指甲美豔而醒目，腳踝上還繫了紅繩，紅繩上有一個小小的銀鈴。

女孩雙手背在身後，笑靨如花……正是范衛衛。

一段時間沒見，范衛衛又豐腴了幾分，豐腴而不是豐滿，是恰到好處的不胖不瘦。她的背後停了輛七人座商務車，車前站立兩名戴著墨鏡的壯漢，一看就是司機兼保鏢一類的角色。

「剛才我早發現了情況，不過見有人解圍，就沒有過來。但是現在嘛……」范衛衛鼻子一皺，眼睛一瞇，眼中閃過一絲寒意，又俏皮地笑了，

「估計朱石正在哭爹喊娘，哼，敢和商深過不去的人，就是和我過不去。和我過不去的人，我才不會讓他好過。」

崔涵薇和徐一莫對視一眼，都從對方的眼中看出了驚訝和驚心，原來范衛衛除了貌美如花之外，還有心狠手辣的一面，以前還真是小瞧了范衛衛。

以范衛衛出場的聲勢判斷，她可真是來頭不小。儘管崔涵薇也是出身於富貴之家，但或許崔明哲為人低調的原因，從小到大，家裡除了司機之外，還沒有請過保鏢，更沒有戴著墨鏡穿著一身黑衣服的隨從，范衛衛來接商深，不但帶了一輛價值百萬的豪華商務車，還有數名隨從，真有派頭。

「看，就在那邊。」范衛衛悄然一笑，用手一指遠處，「在地上打滾的那個人就是朱石。」

幾人順著范衛衛的手指朝遠處一看，果然，遠處一個看板下，有一個人在對打兩個人，準確地講，是一個人在狂毆兩個人。一個戴墨鏡穿黑西服的人，膀闊腰圓，以一敵二，不但沒落下風，而且還打得兩人只有招架之功沒有還手之力，不對，連還手之力都沒有，其中一個人還被打倒在地上，被打得滿地打滾。

雖然離得遠看不真切，但依稀可以分辨出來在地上滾來滾去的正是朱石。崔涵薇和徐一莫震驚得目瞪口呆。

崔涵薇也算是見過世面，雖然她很高傲，卻還從來沒有仗勢欺人到打人的地步。以前一直以為范衛衛就算是有錢人家的女兒，頂多和她出身相當，現在她知道她錯了，就算范衛衛家裡不比她家有錢，卻比她強悍多了，也厲害多了。

范衛衛看出崔涵薇和徐一莫的震驚，淡淡一笑：

「不好意思，讓你們受驚了。其實我以前一直是乖乖女，從來不仗勢欺人，今天是第一次，以前可從來沒有過，你們別亂想，我不是壞女孩。如果不是因為朱石動了商深，我也不會叫人打他。但他動了商深，就是找打，別怪我下手狠，誰也不許動商深一根手指！」

范衛衛來到商深面前，挽住了商深的胳膊，將頭靠在商深的肩膀上，甜甜地一笑：「不好意思，商深，讓你受委屈了。來到深圳，如果你還被人欺負，就是我的錯。」

商深也驚訝得張口結舌。他雖有心理準備，知道范衛衛家境富裕，卻也沒有想到會富裕到開得起百萬商務車、請得起保鏢的地步，更沒想到，為了維護他，不惜大打出手，狠狠地教訓了朱石一頓，他心中既感慨又感動，范衛衛對他的一片真心，讓他深感愛意如海。

如此驚豔的接機，讓商深不禁暗嘆，有錢不一定就擁有了一切，但沒錢肯定是什麼也不會擁有。他在心中立志，以後就算只為了不被人任意欺負，為了讓所愛的人過上幸福的生活，他也一定要努力當個有錢人。

一個人只有有錢，才能做自己想做的事，才能擁有一定的社會地位，實現自己的夢想。

商深輕輕一抱范衛衛的肩膀：「我還以為你會帶著一束鮮花來接我，沒想到卻帶了一輛商務車和保鏢，還有一齣好戲，你真是太有創意了，謝謝你的盛情。不過差不多就行了，氣也出了，事情也過去了，不要打出人命。」

「沒事，你不用管，他們都很專業，打人只是皮外傷，不會傷筋動骨。」范衛衛一吐舌頭又露出了俏皮可愛的純真，「對了，剛才的王哥和後來的幾個人都是誰呀？」

「不認識。」商深又看了遠處一眼，似乎已經住手了，朱石連滾帶爬地逃走，他才放心，「是徐一莫上飛機時認識的一個熱心路人，叫他王哥。」

「徐一莫？」

范衛衛眼睛一斜，迅速在徐一莫臉上掃了掃。

「我不在北京的時候，你認識的新女朋友？好你個商深，見異思遷也太快了，你明明告訴我說你喜歡崔涵薇，怎麼又喜歡徐一莫了？」

商深大汗，范衛衛真會亂開玩笑，剛要解釋幾句，范衛衛卻又狡黠地一笑，來到崔涵薇和徐一莫中間，一手拉住一人：

「涵薇、一莫，來到深圳，你們就是客人，既然遇上了就別走，中午一起吃飯好了，我請客。」

崔涵薇想要推辭，她不想和范衛衛在一起，徐一莫卻朝她使了個眼色，然後順勢抱住了范衛衛：「衛衛是吧？飛機上聽商深一直說你，說你溫柔大方，漂亮善良，我沒見到你之前，就對你有了不能再好的印象，現在一見，你簡直比商深形容得還要好一百倍。既然你人這麼好，你請客我和薇薇一定得去，恭敬不如從命，對吧？」

崔涵薇恨恨地瞪了徐一莫一眼，徐一莫嘻嘻一笑，假裝沒看見。

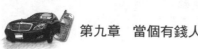

第十章

南國之城

無數懷揣著發財夢的人都湧進了這座南國之城，魚龍混雜，泥沙俱下。

有人在深圳如魚得水，遊刃有餘，有人舉步維艱，窮困潦倒。

每個城市都成就了一部分人的夢想，碩果累累，

而讓另一部分人夢想破滅，傷痕累累。

范衛的保鏢幫忙將幾人的行李放到車上，七人座的商務車容納幾人還很寬敞，主要是幾名保鏢還有另外一輛賓士車。

上車後，徐一莫嘖嘖連聲：「真氣派，衛衛，你們家真有錢。商深有你這樣的女朋友，他可是賺到了。」

范衛衛對崔涵薇有天然的敵意，卻對徐一莫一見如故，不但沒有絲毫敵意，還視為好友，她眼波流轉，飛了商深一眼：「當然啦，他是身在福中不知福。對了一莫，你們怎麼和商深一起了？」

「巧合。」

徐一莫早就看出范衛衛和崔涵薇互相敵視，有意讓二人冰釋前嫌，同時她也喜歡范衛衛直爽的性格，雖富貴而不嬌貴，高人一等但不傲然，而且待人接物不做作。

「事情是這樣的……」

聽徐一莫說完事情的經過，范衛衛才釋然地笑了，初見商深和崔涵薇在一起，她心裡很不舒服，雖然相信商深和崔涵薇不會有什麼事，但如此巧合也不免讓她猜疑。還好還有一個徐一莫同行，多少讓她寬心了幾分。

如果是崔涵薇說是巧合，她也許不太相信，但徐一莫說是，她就深信不疑。也許她和徐一莫投緣，反正見到徐一莫的第一眼起，她就對徐一莫大有好感。

「算你是個男人。」范衛衛和商深並排而坐，一挽商深的胳膊，「不管她是崔涵薇還是別人，被流氓調戲了，你能挺身而出，說明你是一個正直勇敢的男人。」

「什麼叫算是個男人，我本來就是男人好不好？」

商深和三個漂亮女孩同乘一車，多少有點害羞，撓了撓頭，「衛衛，你知道哪家酒店比較好，為一莫和涵薇推薦一下。」

「就住威尼斯吧。」范衛衛也不徵求崔涵薇和徐一莫的意見，敲了敲隔板，對司機說道：「張叔，麻煩你先到威尼斯。」

「不用了，我們已經訂好維也納酒店了。」崔涵薇不想和范衛衛走得太近，也不想承范衛衛的人情。

「沒關係，不用客氣。」范衛衛坐直身子，端莊地一笑，淑女風範一覽無餘，「上次在肯德基你很大方，願意出四百塊買我們一個座位，現在來到深圳，來而不往非禮也，我一定會好好地一盡地主之誼。」

「在肯德基發生什麼事了？」徐一莫不知道肯德基的事，一臉驚訝。

崔涵薇不想再提肯德基的事，想起當時的情景，不由臉微微一紅：「當時是我不對，我向你道歉。不過真的不用麻煩你了，衛衛，我們已經訂好酒店了。」

范衛衛卻一副不容質疑的口氣：「我不喜歡矯情的人，涵薇，你當我是朋友，就聽我的安排。」

「薇薇，你的名字和衛衛的名字讀音相同，以後肯定會是好姐妹，既然是好姐妹，就不要客氣了。」

徐一莫見勢頭不對，再說下去深怕言語不和，忙出面打圓場，又朝商深使了個眼色，「你說呢商深？」

商深不好介入兩女的對峙之中，偏向范衛衛，崔涵薇既敏感自尊心又強，說不定會拂袖而去；但若偏向崔涵薇，范衛衛肯定會多心，所以說他還不如閉嘴。但現在被徐一莫點名了，只好接招，不忘狠狠瞪了徐一莫一眼：

「衛衛熱心又好客，涵薇，你是來自首都的北京姑娘，北京姑娘一向爽快，你就不能痛痛快快地答應下來？真是的！」

商深的話很有殺傷力，崔涵薇打開心理障礙：「行，就聽衛衛的安排，我入鄉隨俗、客隨主便。」

不多時到了威尼斯酒店，下車一看，徐一莫吐了吐舌頭，悄聲說道：「太高檔了，要超支了。」

崔涵薇此時反倒鎮靜了，她忽然想明白了一個道理，雖然現在范衛衛是主場，但她也不能太露怯了，論相貌，她不比范衛衛遜色；論財力，也不比范衛衛差，難道就因為在深圳，就要讓范衛衛掌握主動？

輕輕一攏頭髮，崔涵薇仰望金碧輝煌的威尼斯酒店，心情就如明淨的天空一樣舒展了。在南國的天空下，她依舊光彩照人神采飛揚，微風吹拂她的秀髮，如詩如夢。

「怕什麼，又不是住不起。」崔涵薇淡然一笑，拿出一張信用卡，悄聲說道，「一莫，等下吃飯的時候，你去買單。不能讓范衛衛小瞧了我們，要讓她知道，北京人不但官大，錢也多。」

徐一莫才不客氣，收起了信用卡，心想好耶，開始較勁了，都是為了商深呀。想到商深，回頭一看，見商深一臉若無其事的表情正和范衛衛說笑，雲淡風輕的樣子，似乎他真的無辜一樣。

臭男人，徐一莫心中忽然罵了商深一句，覺得商深英俊帥氣的臉龐面目可憎了。

其實徐一莫對商深的印象還不錯，但也說不上特別好，她本來就對所有的人和事都不會過於冷漠，也不會過於熱情，一切隨緣就行，不強求不勉強，所以上次儘管商深表現出了過人的天賦和超人的電腦技能，而且還幫藍襪修好了電腦，幫她們免了單，她對商深也只是好奇多於好感。

直到第二次再見，她對商深的印象才漸漸由好奇變成了好感，緣於商深對崔涵薇的救助。

徐一莫是一個很有想法很有個性的女孩，她和一般女孩只喜歡男孩的長相、身高不同的是，她更在意男孩的人品和能力。在她眼中，男孩早晚會成為男人，要承擔應有的社會和家庭責任，所以身為一個男人，長相是天生的，只要過得去不是太醜就行，但人品一定要好，能力一定要撐得起野心。

短期交往看性格，長久交往看人品，人品決定一個人是不是可交、值不值得深交的關鍵。能力是一個人的安身立命之本，一個男人如果只長得帥而沒有能力，只是小白臉一個。在她的觀點中，男人不但要有足夠的能力，而且還要有撐得起自己野心的能力。也就是說，心有多大，能力就有多大。

心大而能力達不到，是空腹高心。能力撐不起自己的野心，要麼會一事無成怨天尤人，要麼會另闢蹊徑，甚至走向邪路。

也正是天生的冷靜和理智，以及看待問題時比別人想得深入而長遠，一般人想贏得徐一莫的好感比登天還難。

徐一莫也是個很有毅力的女孩，她為了鍛煉身體，不但嚴格控制自己的飲食，還每天都堅持跑步、游泳和跳舞，所以才保持了足夠健美的身材。一個對自己嚴格要求的人，同樣也會對別人要求嚴格。

正是因為商深為崔涵薇挺身而出的壯舉，讓徐一莫對商深的印象大為改觀，如果說之前商深表露出來在電腦上的天才只是他能力的展示，那麼他為崔涵薇見義勇為之舉則是他人品的鑒定，綜合下來讓徐一莫為商深打了一個她視線範圍之內所有認識的異性之中的最高分——七十分。

如果讓商深知道他如此優秀如此英俊如此善良，在徐一莫心中才是剛剛超過及格線的低分的話，他說不定會哭笑不得。不過如果再讓他知道了徐一莫從來沒有為一個男孩打過六十分以上的高分的話，他也許又會自豪地笑了。

只不過徐一莫對商深的印象由好奇轉為好感後，對商深的要求反而更高了，所以見到商深周旋在崔涵薇和范衛衛之間如魚得水又假裝無辜的樣子，她忽然就覺得商深實在很可惡，害得崔涵薇為他心情忽好忽壞，他卻沒事人一樣，真不厚道。

不過若是商深聽到徐一莫對他的腹誹，肯定大呼冤枉，天，他什麼時候周旋在崔涵薇和范衛衛之間了？明明他只喜歡范衛衛一個人好不好？他對崔涵薇別說有感覺了，不討厭她就很不錯了。

他最不喜歡的就是愛慕虛榮的壞女孩和跟在流氓混混身邊的壞女孩，崔涵薇一個人全占了，他對崔涵薇沒有半點好感，更不用說喜歡了。

陽光大好，南國的陽光比北方的陽光更明亮更刺眼，商深瞇著眼睛站在威尼斯酒店的門口，仰望十幾層高的大樓氣勢非凡，門口來來往往的幾乎清一色全是豪車，上車下車的男女，無一不是衣著光鮮風度翩翩，讓商深再一次感受到了震撼。

如果說一下飛機看到的標語帶給他的是心靈的上震撼的話，「同在一方熱土，共創美好明天」和「時間就是金錢，效率就是生命」帶給他前所未有的激情和熱血，那麼眼前的一幕帶給他的就是視覺上的衝擊，讓他真實地體會到在經濟大潮中先富起來的人群正在享受著開放的第一波紅利。

一輛賓士S600緩緩地在酒店的門口停下，一個西裝革履的男人下車後，很紳士打開車門，車上下來一位長裙拖地的高貴冷豔女子。女子輕輕挽住了男人的胳膊，二人昂首挺胸走進酒店大廳。大廳門口四個迎賓服務員一齊彎腰致意，歡迎一男一女的到來。

商深既羨慕西裝男人的成功，又讚嘆他的紳士和禮貌。財富不是一個人幸福的先決條件，但絕對是一個紳士的必要條件，也是讓身邊的人享受幸福的首要條件。

身為男人，誰不想建功立業？誰不想功成名就？誰不想擁有可以讓自己享用一切為社會造福的財富？財富不是衡量一個人成功與否的唯一的標準，卻是一個最直觀最現實的標準。一個人只有擁有了財富，才能讓自己和自己所愛的人生活得更好。

男人的責任就是創造財富，只有有能力創造財富的人，才是對愛人對家人對社會對國家有用的人。只有有用的人，才是幸福的人。

商深想起一個故事，說是有兩個人死了，閻王問他們，轉世為人有兩個選擇，一個是什麼工作都不用做，天天接受別人的錢，一個是很忙，而且天天給別人錢，一個人就選擇了前者，另一個人選擇了後者。結果再世為人時，前者成了乞丐，天天要飯。後者成了億萬富翁，到處施捨。

你選擇的是什麼，你就成為什麼。這一瞬間，商深下定決心，他要成為一個擁有財富、可以為別人帶來幸福並且有能力施捨別人的人。

「想什麼呢？」

范衛衛一挽商深的胳膊，注意到商深的目光落在哪裡，嫣然一笑，「總有一天，你也會成為比他還要成功的成功人士。」

商深點頭一笑：「這一次來深圳，真的來對了，世界那麼大，真的該到處走一走。只有親眼見到這裡發達到什麼程度，才知道自己的渺小。小時候我在書本中看到，除了中國之外，全世界的人都生活在水深火熱之中，當時我真的盼望自己快快長大，好去拯救全世界。長大後才知道，原來書本上的話是調侃，水深是指人家在游泳，火熱是說人家在曬太陽浴……」

「哈哈，經你這麼一解釋，編課本的老人家們可以安息了，不，安心了。」范衛衛笑得前仰後合，淑女風範全無，她挽著商深的胳膊步入大廳，雖然不如剛才的那對男女一個風度翩翩，一個儀態萬千，卻也有幾分昂然。

范衛衛和商深步入大廳時，門口的迎賓員並沒有像剛才那樣鞠躬歡迎，只是點了點頭。等崔涵薇和徐一莫經過之時，更是只是微微一笑，連點頭都欠奉了。顯然很有以貌取人之嫌。

崔涵薇臉色微有不快，不過她沒有說出來，徐一莫倒是忍不住哼了聲：「太勢利了吧？不就是我們沒穿禮服沒開賓士嗎，有必要差這麼大嗎？要是我們也穿上禮服，比剛才那女的漂亮多了。」

等徐一莫和崔涵薇穿過旋轉門到了大廳之後，卻發現范衛衛和商深不見了，徐一莫張大了嘴，一臉驚詫：「怎麼回事？帶我們來酒店，又不辭而別，范衛衛和商深玩的什麼花樣？」

「不管他們了，我們先住下再說。」

崔涵薇嘴上說不管，目光還是在大廳中掃來掃去，試圖找到商深和范衛衛的身影，可惜一無所有，她微有失望地說道：「反正我也沒打算讓范衛衛安排，我不喜歡欠別人人情。」

「說得也是，我們去訂房。」徐一莫下意識回頭看了一眼，見門口的四個迎賓員正盯著她和崔涵薇指指點點，心裡明白了什麼，「大概是我們穿得太土了，連迎賓員都在嘲笑我們，說我們是鄉巴佬。」

徐一莫猜對了，四個服務生確實是在嘲笑她和崔涵薇，不但嘲笑她和崔涵薇，還嘲諷范衛衛和商深。

四個服務生，兩男兩女，個兒高的男人叫王超，矮的叫馬寒，瘦一點的女孩叫張瓏，胖一點叫趙蝴。

「看到沒有，剛才先進去的一男一女，男的有夠老土，你看他穿的一身衣服，全是地攤貨，加在一起也不會超過一百塊。女的穿得還行，不過一看就不是有錢人，卻還裝成有錢的樣子，太可笑了。」王超咧嘴笑道：「我在威尼斯酒店當了三年迎賓員了，從億萬富翁的外商到港商，再到國內的暴發戶，見的人多了，什麼樣的人有錢，什麼樣的人有權，一眼就能看出來，裝也沒用，逃不過我的火眼金睛。」

「說得太對了。」馬寒嘿嘿一笑附和王超，「其實那個男的還好，沒怎麼裝，是本色演出，但那個女的裝得過了些，好像她經常來威尼斯，以她的收入能住得起威尼斯似的。我最看不慣這樣的小女生了，本事不大，鼻孔朝天不說，還傲得很，也不知道哪裡來的底氣傲慢？」

「就是，就是，那個女孩太假了，你看她旁若無人的囂張樣兒，我恨不得踹她一腳讓她清醒清醒，威尼斯是什麼地方啊！」

張瓏剛才盯了范衛衛半天，主要是范衛衛昂然的姿態刺激到了她。

「看她的樣子，估計連大學還沒有畢業，畢業後，一個月的收入也不夠在威尼斯住上一個晚上吧，拽什麼拽?!」

「我看剛才四個人裡面，就她最拽了，後面的兩個女孩還好一些。我覺得後面的兩個女孩，其中一個也是有錢人，你看她的氣質和姿態，很有富貴之氣。」

趙蝴對崔涵薇印象最好，崔涵薇從小耳濡目染，養成舉手投足的雍容華貴之氣，她不卑不亢的氣度，確實有幾分大家閨秀的風範。

當然，也不是說范衛衛沒有大家閨秀的風範，深圳畢竟不比北京，是個沒有歷史，沒有文化底蘊的城市，遠不如北京積累了深厚的人文氣息和獨特的地域文化，范衛衛成長在深圳，雖然也是富貴之家的女孩，和崔涵薇相比，多了開放的心態，卻少了從容的底蘊。

「還是最後一個女孩最有氣質，你們是沒看出來，她最有味道了，含而不露，美而不豔，渾身上下充滿了活力。」

王超說的是徐一莫，他對徐一莫印象最好，因為在他看來，徐一莫最真實不做作。

「行了，別對客人品頭論足了，說說他們來幹什麼吧？你覺得他們是來參觀一下就走，還是會住下？」馬寒最關心幾人為什麼要來威尼斯。

「住下？」張瓏不以為然地笑了，「開什麼國際玩笑，他們住得起？就是來轉轉，長長見識，回去好向別人吹牛說他們來過威尼斯。」

「哈哈，瞧你把人說得這麼不堪。」張瓏大笑。笑聲過大，引起大廳客人的注意，忙收斂幾分，小聲說道：「別亂說話了，省得被經理發現罵我們一頓，還得扣獎金。」

「快看，他們真要住下呢，真是奇了怪了，他們是真有錢還是打腫臉充胖子？」趙蝴的目光落在正在櫃臺拿出證件和信用卡的崔涵薇身上。

「一晚要一千多呢，好多深圳人也住不起。」

「一晚上一千多不是問題，問題是，根本沒有房間。」

崔涵薇從小就不知道缺錢的感覺，但她卻不是個大手大腳的人，她一向節省，一千多一晚上的房費對她來說確實不算什麼，但如果不是范衛衛帶她來威尼斯，她會住一晚上兩三百的酒店，沒想到當她決定要訂房的時候，卻被告知沒有房間了。

崔涵薇有幾分生氣：「范衛衛是什麼意思嘛，沒有房間帶我們來威尼斯幹什麼？浪費時間。走，一莫，我們不管她和商深了，真是的，辦事不能這麼沒譜。」

徐一莫也生氣了：「就是啊，走吧，商深和范衛衛真不可交，太氣人，居然扔下我們不管，還以為商深是多負責的一個人，原來也是個重色輕友的傢伙。」

「誰重色輕友了？背後說人壞話不太好吧。」

徐一莫話剛說完，商深的聲音就在背後響起了，回頭一看，商深和范衛衛款款地走了過來。

二人的身後還跟著一個女人，年紀三十開外，短髮，穿著制服，明顯是酒店的管理人員。

「沒房間了。」崔涵薇冷冷地看了商深一眼。不知道為什麼，商深和范衛衛在一起總讓她覺得不舒服，「謝謝你的好意，范衛衛，我們還有正事，就不奉陪了。」

范衛衛聽出崔涵薇話裡話外的譏諷之意，微微一笑：「其實是有房間，只不過是為重要客人預留的，不對外開放。」

「說得是，我們不是重要客人。」

崔涵薇轉身就走，不願意再多看崔涵薇和商深一眼，她感覺受到了屈辱，范衛衛根本是故意帶她來威尼斯，然後讓她嘗到被拒絕入住的尷尬。

「你們當然是重要客人。」范衛衛快步向前，拉住崔涵薇的手，「涵薇，我剛才是去找酒店經理，讓她幫你們安排了一間總統套房，現在已經辦好手續了，馬上就可以入住。」

「什麼？」崔涵薇震驚了：「總統套房？」

崔涵薇震驚的表情讓范衛衛很是滿意，她回頭朝身後的女人說道：「花姐，麻煩你安排一下她們，除了房費之外，吃飯的費用也全免。」

「是，范小姐。」被稱為花姐的酒店經理一臉春風般的笑容，「請二位跟我來。」

崔涵薇和徐一莫面面相覷，震驚當場。

總統套房是酒店最豪華、頂級的房間，通常用來接待最尊貴的客人。置身於威尼斯酒店最豪華的總統套房之中，崔涵薇有一種暈眩的感覺，倒不是她沒有見識過總統套房的豪華，而是她到現在還不明白范衛衛怎麼有這麼大的能力，居然能為她們安排總統套房。而且……還一切免費！

房間不但有主次臥室兩間，而且主次臥各包含衛浴間以及休閒娛樂廳、會客廳，並且設有中央空調、閉路及衛星電視、國內國際直撥電話，同時還提供撥號上網的電腦一台。

雖說在北京也不乏同等條件甚至更好條件的總統套房，但想要免費入住，崔涵薇深信以她老爸的影響力也不能如此，那麼范衛衛憑什麼可以？

懷著疑問，崔涵薇私下問花姐，花姐卻只是笑而不答，表現出了足夠的職業素養。

「不管了，白吃白住是多好的事啊。」徐一莫歡呼一聲，將自己扔到床上，「我要好好體會一下總統套房的感覺，不管明天談判能不能成功，至少住上總統套房，來深圳就算不虛此行了。」

崔涵薇卻高興不起來：「范衛衛對我們確實很好，可是你有沒有察覺，她對我們好的背後，其實是為了壓我們一頭，好顯示她在深圳多有影響力，多有勢力。」

「問題要從兩個方面看，第一，就是你說的，范衛衛是為了炫耀。好吧，她炫耀也沒什麼錯啊，對吧？至少因為她的炫耀我們得了實惠。第二，范衛衛也許確實是為了盡地主之誼，正好她有能力安排我們住總統套房，於是我們就住下了，就這麼簡單。人心簡單了，生活就簡單了，睏啦，睡覺。」

崔涵薇被徐一莫逗笑了，一想也是，也許真是她多心了，她躺在徐一莫的身邊：「說得也是，不管那麼多啦，先睡再說。」

二人並排躺在床上，玲瓏的身材幾乎一般胖瘦，只不過徐一莫更顯健美些，兩個女孩猶如花開並蒂蓮，美不勝收。

一對玉人，嬌美無限，在富麗堂皇的總統套房中同床而眠，想想都是人生中難得一見的場景。只是如此美景，商深卻無福欣賞了。

和范衛衛一起出了威尼斯酒店，商深留意到門口四個迎賓員對他和范衛衛異樣的眼神，淡淡一笑：「迎賓員的目光很不屑，八成是認為我們不夠格來這麼高檔的地方。我也奇怪，你怎麼會認識酒店經理啊？而且她對你還很恭敬的樣子？」

「是我一個親戚。」范衛衛對迎賓員異樣的眼神不以為然，回頭看了一眼，「迎賓員見多了形形色色的客人，就以為他們有一雙可以看出誰深誰淺的慧眼，哼，自以為是罷了。」

商深卻覺得范衛衛和花姐並非只是親戚那麼簡單，花姐只是個酒店經理，她沒有許可權可以免費讓崔涵薇和徐一莫入住總統套房，不過見范衛衛不願意說，也就不再多問。

等商深和范衛衛走出很遠，王超等人還在談論二人。

「你說那個女孩到底是什麼來頭，你看她剛才的樣子，好像威尼斯是她家開的一樣。最看不慣這種人了，明明什麼都沒有，卻偏偏擺出擁有全世界不可一世的樣子，太淺薄。」王超自以為已經練就了一雙慧眼，可以看清每一個人的偽裝和真面目。

「何止是淺薄，簡直就是膚淺！」馬寒也是一臉嘲笑地搖搖頭，「可惜了，長得挺漂亮，人品卻太差。」

「我怎麼覺得那個女孩有點面熟？似乎在哪裡見過？」張瓏想起了什麼，歪頭想了想，還是沒想明白。

「不可能，你怎麼會見過她？」趙蝴大搖其頭，忽然又會心地笑了，「不過也不一定，也許她以前也帶別人來過酒店，然後對別人說，瞧見沒有，這家酒店是我家開的……」

「哈哈哈哈……」幾人都被趙蝴繪聲繪色地形容逗笑了，一起哈哈大笑。

「胡說八道什麼呢！」

幾人笑得正開心時，突然身後傳來一聲威嚴的喝斥聲，回身一看，身後站著一臉嚴肅的花機靈。

花機靈是酒店的經理，也是幾人的頂頭上司。雖然經理一職在整個酒店的管理階層中，不算什麼有實權的主管，但花機靈和一般的酒店經理不同，她職務不高但實權很大，而且還深受董事會的信任，傳言她早晚會升到副總。畢竟她才三十出頭。

王超幾人都有幾分畏懼花機靈，被花機靈一喝斥，都不敢說話了。

花機靈來到幾人面前，趾高氣揚地訓道：「迎賓最基本的素質是什麼？就是對所有的客人一視同仁，不要狗眼看人低。你們知道剛才的女孩是誰嗎？」

王超幾人低下頭，不敢正眼看花機靈一眼，一同搖搖頭。

「那你們知道酒店的最大股東是誰嗎？」

花機靈本不想說出范衛衛的身分，卻又不願意范衛衛被人看輕。衛衛是多好的一個孩子，從來不自傲，不以大小姐自居，卻被人在背後這麼說她，她實在是心裡不舒服。

「知道，范長天范董。」

王超不知道，馬寒卻知道是誰。酒店的董事長雖然不是范長天，但范長天卻是最大股東，嚴格意義上講，范長天就是威尼斯酒店的最大老闆。

「剛才的女孩叫范衛衛，是范董的獨生女。」

「啊！」

金髮、馬寒和張瓏、趙蝴四人目瞪口呆，幾乎不敢相信自己的耳朵，什麼，剛才被他們諷刺了半天的女孩竟然是范董的獨生女？原來人家根本不是在裝酒店是她家開的，而是在努力裝酒店不是她家開的。

獨生女，言外之意自然不言而喻，早晚她會繼承范董的股份，成為酒店的最大股東。幾人剛才還不服氣花機靈罵他們狗眼看人低，現在徹底心服口服了。

和范衛衛上了車，商深忽然突發奇想，笑問了一句。

「酒店不會是你家開的吧？」

「這個我還真不知道，等回家我問問我爸，看看我到底能繼承多少財產。」范衛衛嘻嘻一笑，故意打馬虎眼，「有一次我上學，爸爸打電話來說，我拿了塊地，等你回家給你。我當時高興得睡不著覺，天啊，原來我有這麼厲害的一個老爸，都玩地皮了，而且還要送給我，豈不是說我瞬間就成了超級有錢人了？你要知道，在深圳拿一塊地，沒有個幾億可是拿不到的。」

商深饒有趣味地聽著。

「結果怎麼著？等我回家一看，老爸遞給我一個快遞的包裹。」范衛衛一吐舌頭，笑得很燦爛，「我當時的感覺是瞬間從雲端跌到了萬丈懸崖。」

「好吧，算你狠。」知道范衛衛故意不說真話，商深也不再追問，抓了抓頭，「現在去你家？」

「嗯。」

范衛衛應了一聲，忽然沉默了，她望向窗外，頭支在胳膊上，也不知道在想什麼。

汽車沙沙的行駛聲讓車內更顯得安靜了幾分，賓士車良好的隔音技術將窗外的喧囂和炎熱全部隔絕，透過茶色車窗望去，外面的景色在真實外多了幾分迷幻的色彩。一閃而過的看板和標語，行色匆匆的行人以及各式各樣的汽車，讓商深也一時心思渺茫。

深圳，這個傳說中的南國之窗，和他想像中還是有些許不同。除了有期待中的萬千氣象之外，還有到處施工的雜亂以及炎熱下的浮躁和不安。總之，在商深眼中的深圳，是一個交織著夢想和失望、迷離著光芒和黑暗的綜合體。

沒有歷史包袱，可以輕裝前進是優勢，同時也是劣勢。因為缺少文化底蘊，便缺少一種不可或缺的精神根基。

此時的深圳，深南大道花團錦簇，是深圳的驕傲。而北環大道剛剛通車，濱海大道正在規劃，科技園南區還是一片灘塗。天很藍，草坪很綠，路上除了豪車呼嘯而過之外，還有拉客的小巴一路狂奔，留下賣票者聲嘶力竭的沙啞的聲音在塵土飛揚中消散。

無數懷揣著發財夢的人才或是民工都湧進了這座南國之城，魚龍混雜，泥沙俱下。有人在深圳如魚得水，遊刃有餘，有人舉步維艱，窮困潦倒。每個城市都成就了一部分人的夢想，碩果累累，而讓另一部分人夢想破滅，傷痕累累。

在這個移民的城市，有人談論未來和理想，談論電腦和互聯網，談論改變世界的種種可能，相信憑藉自己的雙手就可以在深圳打下一片藍天。希望有朝一日可以在深圳擁有自己的家，就如深南花園一樣漂亮的房子，再娶一個漂亮的妻子，生一群漂亮的孩子。

商深感受到深圳的脈搏，忽然生發出無限感慨，就如馬朵所說的，夢想一定要有，那麼他的夢想到底是什麼？真的就是留在深圳，和范衛衛在一起

安家落戶？

身旁的范衛衛安靜地望向窗外，她的側臉和側影優美動人，比起在北京，她更多了光彩和圓潤。一方水土養一方人，從小在深圳長大的她，更適應深圳的氣候，加上她的爸媽也在深圳，她氣色更好也在情理之中。

再看范衛衛筆直的小腿宛如瓷器一般散發光澤，微彎的背部如彎月，瘦削的雙肩和纖細的腰身，就如一件精緻的藝術品。

車停了。

范衛衛如夢方醒一般先跳下了車，歡快地替商深打開車門：

「到家了，下來吧，對了，別拘束，就當自己家一樣。」

商深跳下車，刺眼的陽光讓他眼前一片明亮。抬頭一看，他站在一棟別墅面前。是獨棟三層別墅，目測面積最少三百平方米起。

他對深圳房價不太瞭解，對各地段的差價也一無所知，但只從門前停放的一輛賓士一輛寶馬以及別墅外牆上的大理石石材就可以得出結論，范衛衛是個貨真價實的富家小姐。

在北京時，商深就猜到范衛衛是有錢人家的女兒，但怎麼也沒有想到，范衛衛家境的富裕程度還是遠在他的想像之外。毫不誇張地說，在他認識的所有人中，范衛衛家的富裕當為第一。

范衛衛大方地挽著商深的胳膊，小聲給商深打了預防針：「如果我爸媽在言語上有什麼刺人的地方，你別往心裡去，他們習慣了高人一等的優越感，有時候隨口就說了出來，有口無心，你就多擔待就行了。」

「說什麼呢，我是那麼小氣的人嗎？」商深很為范衛衛的心細而感動，伸手一摸她的頭髮，「再說他們是長輩，就算罵我我也得聽不是？」

「我就喜歡你的聰明和大度。」范衛衛甜甜一笑，和商深一起邁步走進了院子。

深紅色的實木大門透露出富貴之氣，但在富貴之外，卻又有一絲壓抑。

商深和范衛衛來到門前，還沒敲門，門就自己開了。

客廳也是石材地板，奢華而富麗，地毯、水晶燈以及高檔的紅木傢俱，無一不顯出主人的富有和品味。范長天和許施端坐在沙發上，二人見商深和范衛衛進來，交流了一下眼色，許施安坐不動，范長天起身相迎。

在商深眼中的范長天，明顯是北方人的長相，身材高大，面相方正，而許施則是南方人長相，身材嬌小，面容瘦小。

穿一身休閒服的范長天和穿一身正式職業套裝的許施形成了鮮明的對

比，休閒服有家居的味道，讓人有親切之感；而正式打扮的許施，目光冷峻，表情嚴肅，審視的目光在商深身上轉來轉去。

請續看《當代商神》3 孤注一擲

當代商神 2 分道揚鑣

作者：何常在
發行人：陳曉林
出版所：風雲時代出版股份有限公司
地址：10576台北市民生東路五段178號7樓之3
電話：(02) 2756-0949
傳真：(02) 2765-3799
執行主編：朱墨菲
美術設計：吳宗潔
行銷企劃：林安莉
業務總監：張瑋鳳

初版日期：2018年8月
版權授權：閱文集團
ISBN：978-986-352-608-7

風雲書網：http://www.eastbooks.com.tw
官方部落格：http://eastbooks.pixnet.net/blog
Facebook：http://www.facebook.com/h7560949
E-mail：h7560949@ms15.hinet.net
劃撥帳號：12043291
戶名：風雲時代出版股份有限公司

風雲發行所：33373桃園市龜山區公西村2鄰復興街304巷96號
電話：(03) 318-1378
傳真：(03) 318-1378
法律顧問：永然法律事務所 李永然律師
　　　　　北辰著作權事務所 蕭雄淋律師

行政院新聞局局版台業字第3595號 營利事業統一編號22759935

定價：280元　特惠價：199元

國家圖書館出版品預行編目資料

當代商神 / 何常在著. -- 初版. -- 臺北市：風雲時代, 2018.07-　冊；　公分

ISBN 978-986-352-608-7（第2冊；平裝）

857.7　　107007803